文庫オリジナル／長編青春ミステリー

桜色のハーフコート

赤川次郎

光 文 社

『桜色のハーフコート』目次

●主な登場人物のプロフィルと、これまでの歩み

第一作『若草色のポシェット』以来、登場人物たちは、一年一作の刊行ペースと同じく、一年ずつリアルタイムで年齢を重ねてきました。

杉原爽香《すぎはらさやか》……三十四歳。誕生日は、五月九日。名前のとおり爽《さわ》やかで思いやりがあり、正義感の強い性格。中学三年生、十五歳のとき、同級生が殺される事件に巻き込まれて以来、様々な事件に遭遇《そうぐう》する。大学を卒業して半年後の秋、殺人事件の容疑者として追われていた元B F《ボーイフレンド》・明男《あきお》を無実と信じてかくまうが、真犯人であることを知り、自首《じしゅ》させる。爽香はこの事件を通して、今なお明男を愛していることに気付く。七年前、明男と結婚。高齢者用ケア付きマンション〈Pハウス〉から、現在は〈G興産〉に移り、新しい時代の老人ホームを目指す〈レインボー・プロジェクト〉のチーフ。一昨年ついに〈レインボー・ハウス〉が完成。

杉原明男《あきお》……中学、高校、大学を通じての爽香の同級生。旧姓・丹羽《にわ》。優しいが、優柔《ゆうじゅう》不断《ふだん》な性格。大学進学後、爽香と別れて刈谷祐子《かりやゆうこ》と付き合っていたが、大学教授夫人・中丸真理子《なかまるまりこ》の強引《ごういん》な誘いに負けてしまう。祐子を失ったうえに、就職にも失敗。真理子を殺した罪で服役《ふくえき》していたが、九年前に釈放された。

現在は爽香と結婚し、N運送に勤めている。

河村《かわむら》布子《きぬこ》……爽香たちの中学時代の担任。着任早々に起こった教え子の殺人事件で知り合った河村刑事と結婚して十五年。現在も爽香たちと交流している。子どもの名前は爽子《さわこ》と達郎《たつろう》。六年前、それまでの学校を辞め、五年前に〈M女子学院〉へ。

河村太郎《たろう》……警視庁の刑事として活躍するが、六年前、ストレスから胃を悪くし、事務職に。五年前に現場に戻るも、事件の捜査のなかで知り合った早川《はやかわ》志乃《しの》との間に娘・あかねが生まれる。昨年、刑事を辞め民間の警備会社へ就職。退職金で、爽子のために一千万円のヴァイオリンを購入した。

田端《たばた》将夫《まさお》……〈G興産〉社長。妻の祐子と交際中も、爽香に好意を寄せていた。

栗崎《くりさき》英子《ひでこ》……九年前、子どもたちが起こした偽装《ぎそう》誘拐《ゆうかい》事件に巻き込まれた。七十六歳。かつて大スター女優だったが、爽香の助けなどで映画界に復帰。〈Pハウス〉に入居している。

麻生《あそう》賢一《けんいち》……二十八歳。〈G興産〉で四年前から爽香の秘書を務める。三年前、南《みなみ》寿美代《すみよ》と果林《かりん》の母娘と知り合い、結婚。果林は名子役として活躍中。

荻原《おぎわら》里美《さとみ》……二十一歳。五年前、事件で母を亡くし、弟を育てながら〈G興産〉で働いている。一昨年、辛い恋を経験する。

浜田《はまだ》今日子《きょうこ》……爽香の同級生で親友。美人で奔放《ほんぽう》、成績優秀。現在は医師として活躍中。

増田《ますだ》……爽香が昨年から通うコーヒーのおいしい喫茶店〈ラ・ボエーム〉のマスター。

中川《なかがわ》満《みつる》……爽香に「興味がある」という殺し屋。〈ラ・ボエーム〉の〝影のオーナー〟。

——杉原爽香、三十四歳の秋

1　区切り

会議を終えて席へ戻って来た爽香《さやか》は、プロジェクトのメンバーの机の一つがポカッと片付いてしまっているのに目をとめた。

「ねえ」

と、他のメンバーへ、「宮本《みやもと》さん、お休みって連絡あった？」

「ありません」

「珍しいわね」

と、自分の席につく。

「昨日からです」

と言われて、電話へのばした手が止まる。

「昨日もお休みだったの？」

爽香は昨日大阪へ出張していて、一日会社に来ていない。

「ええ。やっぱり連絡なくて」

と、若い女性社員が言った。「一応、ご自宅へ電話してみたんですけど」

「それで？」

「留守電になってて。誰も出ないんです」

「そう……」

爽香は少し気になったが、宮本のことにいつまでもかかずらっていられない。

会議中にかかっていた仕事の電話へ返信して一息つくと、机の上に置いたケータイが鳴り出した。——手に取ると、中学時代の恩師、河村布子《かわむらきぬこ》からである。

「もしもし」

「爽香さん？　お仕事中、ごめんなさいね」

「いいえ。今は会議が終って一息ついてるところです」

と言いながら、爽香は向うも授業中の時間だろうと思った。

布子はM女子学院中学の教師である。

「ね、あなたの部下に宮本さんって方、いるでしょ」

「ええ」

「娘さんがうちの学校へ通って来てるの」

前にそんな話を聞いたことがある、と爽香は思い出した。

「そうでしたね、憶《おぼ》えてます」

ついさっき、宮本の話をしていたばかりだ。

「それがね、娘さん——宮本怜《れい》さんっていう子なんだけど、昨日今日と欠席でね、休むって連絡もないの。普段そんなことないので、心配になってお宅へ電話してみたけど、誰も出なくて。——お父様は出社してらっしゃる?」

爽香の目が、空いた椅子へ向く。

布子は続けて、

「もしいらしたら、どうしたのか直接伺いたくて。お仕事中に申しわけないけど」

「先生」

と、爽香は言った。「お父さんの方も昨日からお休みです。休むという連絡もありません」

「まあ」

「つい今しがた、その話をしてたところなんです」

「もちろん偶然かもしれないけど……」

「それならそれで構わないですけど。でも、何だか……」

爽香は言いかけて、「先生。またこちらから連絡します」

「そう?　悪いわね、忙しいのに」

「いいえ。ともかく気になりますし」

爽香は電話を切ると、内線で人事課へかけて、宮本の自宅の住所を訊いた。

「本人のかいた案内図がありますけど」

「コピーしておいて下さい。すぐ取りに行きます」

爽香は立ち上った。

プロジェクトのメンバーたちが、心配そうに仕事の手を止めて爽香を見ている。

「出かけて来るわ。後、よろしく」

爽香は足早に席を離れた。

秘書の麻生《あそう》がちょうどやって来たところで、

「あ、チーフ、お出かけですか」

「麻生君、すぐ車を正面につけといてくれる?」

「分りました。何かあったんですか?」

「分らないの」

爽香は早口に言って、人事課へと向った。


「たぶん、四十分もあれば着くと思いますが」

麻生は車を運転しながら、地図を見て言った。「何があったんでしょうね」

「何もなければ、それに越したことはないわ」

と答えて、爽香はそれきり黙り込んだ。

――杉原《すぎはら》爽香は今、三十四歳になった。

小柄で童顔、という外見はほとんど変らないので、今も二十代に見られるが、当人はこのところ、

「お腹の周りに肉がついて来た」

と、気にしている。

といって、スポーツジムやエステに通うだけの時間が取れない。

〈G興産〉で新しい高齢者用のケア付マンション、〈レインボー・ハウス〉を建設するプロジェクトの、事実上のチーフを任され、その大役を無事に果たした。

しかし、入居後の様々なトラブルや問題を解決するのに、さらに時間を要し、この何か月か、やっと運営をある程度、現場スタッフに任せられるようになったところである。

〈レインボー・プロジェクト〉解散の日程がそろそろ具体的に検討され始めていた。

むろん、仕事以外でも、兄、充夫《みつお》の家庭内の不和や借金を始め、悩みごとは絶えない。しかし、誰にとっても、人生はそんなものだ……。

――今、爽香が向っているのは宮本安久《やすひさ》の自宅である。

〈レインボー・プロジェクト〉の中では、爽香の部下ということになっている宮本だが、実際のところ、年齢は四十歳で、爽香より上。宮本の専門知識を必要として、爽香が途中からプロジェクトに加わってもらった。

宮本安久は、今の田端将夫《たばたまさお》が社長になるまでは、目立たず地味で、コツコツと与えられた仕事をこなして来た。田端将夫が宮本の能力を評価して、課長のポストにつけたのである。苦労人らしく、プロジェクトの中でも、年下の爽香に対しても、常に部下としての立場を守っていた。

爽香は、車の中で人事課のくれたコピーをめくった。

宮本安久の妻は正美《まさみ》、三十八歳。子供は女の子一人で、怜。布子が心配していた子である。M女子学院中学二年生。

爽香は宮本の妻子に会ったことがない。名前も今、初めて知った。たまに宮本と雑談しても、宮本が家族や家庭について口にすることは、ほとんどなかったのである。

宮本が家でどんな夫、どんな父親か、爽香は知らなかった。

もちろん、どんな家庭も何一つ問題を抱えていないことはあるまい。といって、いつも穏やかな宮本の様子から、家庭に深刻な悩みを抱えているとは想像しにくかった。

「――もうじきです」

と、麻生が言った。

爽香は窓の外へ目をやった。

建売住宅だろう、似たデザインの家が並んでいる。

マンション建設に係《かかわ》って、爽香も住宅やビルを見ると、つい、「どの程度のでき」か点をつけてしまうくせができてしまった。

その点で言えば、今両側に並ぶ新しい住宅は、上等とは言いかねた。一戸当りの区画も小さく、せせこましい。

それでも、小さな庭のある一戸建てにこだわる人は少なくない。こういう住宅も、おそらく二十年、三十年というローンを組んで手に入れているのだろう。

「——雨になりそうですね」

と、麻生が言った。

爽香はそう言われて初めて、どんよりと曇った空模様に気付いた。——十月も半ば。

今年の夏は暑く、長かった。九月には続けざまに台風がやって来た。

やっと夏が終ると、とたんに肌寒いような秋がやって来て、カラリと秋晴れとはいかず、雨の日が多い。

確かに、今もいつ降り出してもおかしくない雲行きである。

「住所からいうと、この辺ですね」

と、車のスピードを落として、麻生が言った。

爽香は、宮本自身の描いた〈自宅までの案内図〉を見たが、住宅ばかり並ぶ地域というのは目印がないので、捜すのが容易でない。

「待って」

と、爽香は車を停めさせて、「――今、小さな公園があった。この地図の公園じゃない?」

「公園なんかありましたか?」

「たぶん……。ほとんどただの空地だけど、公園ってプレートがあったよ」

「バックしますか」

「いいわ。この辺で停めておいて」

爽香は車を降りた。

ひんやりと湿った空気に包まれる。雨の気配だった。

図面を見ながら、その猫の額ほどの公園との位置関係を見て、見当をつけた。

――これかしら。

爽香は、その家の前で足を止めた。

表札が出ていない。――道路に面して低い鉄柵の扉があり、それが半開きになっていた。

ほんの三メートルほど入った玄関のドアの前に立つと、爽香はチャイムを鳴らすボタンを押した。

耳を澄ましても、チャイムの音が洩《も》れて来ない。鳴っていないのかもしれない。

少し迷ったが、ご近所で訊くだけの余裕はないような気がしていた。

思い切って、ドアを叩こうと手を上げたときだった。いきなり中からドアが開いて、爽香は危うく頭を打ちつけるところだった。

パッと出て来たのは――明るいピンクのハーフコートをはおった女の子だった。

爽香もびっくりしたが、向うも目の前に爽香が立っているのにギョッとしたようで、一瞬二人は立ちすくんで見つめ合った。

少女は、ハーフコートの下はグレーのブレザーの制服だった。

これが宮本の娘だろう。

「宮本怜さんね」

と、爽香は穏やかに言った。「お父さんの会社の者だけど、お父さん、いらっしゃる?」

少女には、爽香の言葉が聞こえていないかのようだった。目を大きく見開いて、じっと爽香を見つめている。

「怜ちゃん――」

と、爽香が言いかけたとき、

「知らない!」

と、少女は叫んだ。「私、知らない!」

そして、爽香にぶつかるようにして駆け出した。爽香は危うく転びかけるのを何とかこらえて、

「待って!」

と呼んだが、少女はコートを翻《ひるがえ》しながら通りを全力で駆けて行った。

「チーフ！　大丈夫ですか？」

と、麻生が走って来た。

「私は大丈夫。今の女の子を追いかけて！」

と、爽香は言った。

玄関のドアは開いたままだ。

爽香は中へ入ると、

「――宮本さん」

と呼んでみた。「杉原です。いらっしゃる？」

家の中は沈黙していた。

上り込むのは、ややためらわれたが、今はやむを得ないと判断した。

「失礼します」

と、声をかけて上ると、正面の半ば開いたドアから中を覗《のぞ》く。

小さな居間だ。奥がダイニングキッチン。

少し大型のテレビを置くと、狭苦しく感じられる。

人の気配はなかった。

一階の、浴室やトイレを見て回る。

玄関へ戻ると、急な階段を見上げた。

二階に？　――でも、あの少女が、

「私、知らない！」

と叫んで逃げてしまったのは、なぜだろう？

爽香は、ちょっと息をついてから、階段を上って行った。

開いているドアから覗くと、可愛い柄のベッドカバーと勉強机が見えた。あの少女の部屋だろう。

閉ったドアが、たぶん夫婦の寝室だ。不安が爽香の胸を締めつけた。

いやな予感が当りませんように……。

ドアのノブに手をかけようとして、ふと思い付き、ハンカチを出して、ノブに直接触れないようにしたのは、爽香の経験から来る行動だった。

ドアを開ける。

「宮本さん？」

中は暗かった。

カーテンが閉っていて、その隙間《すきま》から洩れる光に、ぼんやりと二つのベッドが見えた。

そっと壁を探って、明りのスイッチを見付ける。一瞬のためらいの後、スイッチを押していた。

「——宮本さん？」

ベッドの片方は人の形に盛り上って見えた。

爽香はそっとベッドへ近付いた。

毛布が、スッポリと頭までを覆っている。

ここまで来たら仕方ない。

爽香は毛布の端をつかんで、思い切ってバッとめくった。

宮本だった。——ワイシャツにズボン。

そのワイシャツは血に濡《ぬ》れていた。

大きく見開いた目が天井をにらんでいる。

すでに命がないことは一目で分った。

爽香は深々と息をして、静かに毛布をかけた。

「——チーフ！」

玄関から、麻生の声がした。

爽香はホッとして、寝室を出た。

「麻生君、あの子は？」

と、階段を下りて行く。

「すみません。追いかけたんですけど」

と、麻生も息を弾ませている。

「そう」

爽香は肯《うなず》いた。「仕方ないわ。——ね、一一〇番して」

「え？」

麻生が面食らったように目を見開いた。

2　逃亡

車はホテルの正面に着いた。

「ありがとう」

爽香はホテルのドアマンが車のドアを開けてくれると、「麻生君、もう帰っていいわよ」

と、声をかけた。

「でも……」

「大丈夫。うちの旦那と一緒だから。ね、たまには早く帰って、貴志《たかし》ちゃんの顔も見ないと」

「分りました。でも、何かご用があれば、いつでも呼んで下さい」

「はいはい」

爽香は車を降りて、「じゃ、奥さんと果林《かりん》ちゃんにもよろしくね」

「果林は明日まで北海道でロケなんです」

「そうか。もう向うは寒いよね」

と、爽香は言った。「おやすみ」

「おやすみなさい、チーフ」

麻生の運転する車が夜の道へと出て行くのを、爽香は見送った。

麻生と、妻の寿美代《すみよ》の間に、男の子が産れていた。名は貴志。

寿美代と前の夫の子、果林は今九歳だが、「天才子役」として、TVや映画に引張り凧である。

爽香が前に勤めていた〈Pハウス〉に住んでいる往年のスター、栗崎英子《くりさきひでこ》が果林の本当の祖母のように、「お目付役」をつとめていた。

そして、もちろん英子自身も女優として今も活躍している。昨年一度倒れたが、医者が驚くほどの回復力で、カムバックした……。

——爽香はホテルのラウンジへ入って行った。

奥のテーブルで、夫、明男《あきお》が手を振っているのが見えた。ホッと息をつく。

同じテーブルに、もう一人の客。

河村布子だった。

「先生、いらしてたんですか」

「爽香さん、ごめんなさいね。また厄介なことに巻き込んで」

「そんな……。自分の会社の同僚ですもの、亡くなったのは」

爽香は席につくと、「コーヒー」

と、注文した。

「学校も大騒ぎよ」

と、布子は言った。「私は担任じゃないんだけど、私立は何かと評判に敏感だから」

「分ります」

布子がバッグから一枚の写真を取り出して、テーブルに置いた。

「――この子ね」

修学旅行のスナップらしい。どこかのお寺らしい建物を背景に、少しはにかんだような笑顔の少女が写っている。

「ええ、この子です。――宮本怜ちゃんですね」

「ええ」

「警察にも、別の写真を見せられて……。確かに、あのとき玄関で出くわしたのが、怜ちゃんだったと話しました」

「もちろんいいのよ。事実は変えられないわ」

「ただ……」

爽香は眉《まゆ》をくもらせて、「今の報道だと、まるで怜ちゃんが父親を殺したみたいで。そう決めつけるのは危険ですよね」

「私も、そんなことがあったとは思いたくないわ」

と、布子は肯いた。「主人も、知り合いの刑事さんに訊いてくれてるけど、ともかく今はもう警察の人間じゃないしね」

布子の夫、河村太郎《たろう》は元刑事である。

体を悪くして、今は警備会社に勤めている。

爽香も、いく度となく事件に係って、河村の世話になった。

「何か分ればご連絡します」

「お互いにね」

布子は自分の紅茶を飲み干すと、「良かったわ。顔が見られて」

「先生、あの家には何が……」

「私も、家の事情までは分らないの。担任の先生なら何か知っているかも」

「お目にかかれますか」

「もちろん。でも——取材などには一切応じるなと言われてるから……。あなたのことは話しておくわ」

布子はメモ用紙に手早く名前とケータイ番号を書きとめて、爽香に渡した。

「中島亜紀《なかじまあき》先生ですね」

「今、三十二かしら。独身で、とても真面目な人よ」

「ご連絡してみます」

　コーヒーが来て、爽香はブラックのまま一口飲んだ。

「――母親の行方が分らないのね」

と、布子は言った。

「それが心配です」

と、爽香が肯く。「お会いになったこと、あります？」

「ええ。――ちょっとユニークな方。どうって訊かれると返事に困るけど」

布子のケータイが鳴った。「ごめんなさい。――もしもし」

話しながら、布子はラウンジを出て行った。

「大変そうね、先生」

と、爽香は言った。

「先生だけじゃないだろ。そっちも大変なんだろう？」

と、明男が言った。

「うん……。でも、大人だからね。それに、事件そのものは仕事と関係ないし」

「まあ、それはそうだけど……」

「それより明男、どうしてここで待ってることにしたの？」

「いけないか？」

「そうじゃないけど……」

「田端さんから電話があった」

「社長から？」

「そのお袋さんからさ」

「真保《まほ》さんが明男に？」

「部下が死んで、ショックを受けてるだろうからって」

〈G興産〉社長の田端将夫の母、真保のことである。

どういうわけか爽香をえらく気に入っていて、何かと気づかってくれる。

「そうか……」

「でも、俺も心配だった。本当だぜ」

「分ってる」

「なあ、今夜はここに泊って行かないか？」

「え？　もったいないよ！」

と、つい言ってしまう。

布子が戻って来た。

「ごめんなさい」

「何かあったんですか？」

「いいえ。明日、早朝会議ですって。当分は何があるか分らないわね」

布子はため息をついて、「──じゃ、私、お先に」

「先生。──お力になれることがあったら、言って下さいね。遠慮しないで」

「ありがとう」

布子は微笑《ほほえ》んで、爽香の肩に手をかけ、ラウンジを出て行った。

「あの子、今夜はどこで寝てるのかしら……」

と、爽香は呟《つぶや》くように言った。


「あの……」

かすかな声が聞こえた。「すみません……」

毛布にくるまっていた男は、細く目を開けた。

「──誰だ？」

夜の暗がりではよく分らなかったが、女の子には違いないようだ。

「すみません……」

と、少女は震える声で言った。「ここ……座らせてもらっていいでしょうか……」

「ああ。──別に俺の家じゃないからな」

と、男は言った。「だけど、石の上じゃ冷たいぜ」

「いいんです。くたびれて……」

少女は、ピンクのハーフコートを着ていたが、十月とはいえ夜中は結構冷える。

男は起き上った。

川風が吹きつけるので、この公園を寝ぐらにする仲間は少ない。

少女が座っているのは、花壇の周囲にめぐらせたレンガの壁である。

「——風邪ひくぜ」

と、男は言った。「この段ボールの中へ入りな。風はよけられる」

「いえ、これでいいです……」

と、少女は言った。

「心配するな。俺は子供にゃ興味がない」

と、男は気軽に言って、「家出か」

少女は身震いして、

「ええ……。ちょっと……」

「ま、何かわけがあるんだろ。だけど、こんな所で夜明しするのは一晩ぐらいにしときなよ」

一段と川風が強くなると、少女は耐え切れなくなったように、男の段ボールで囲った「部屋」へ潜り込んだ。

「——少しは違うだろ」

少女は黙って肯いた。

「この毛布をかけて寝な。俺はもう一枚持ってるんだ。こいつの方が新しい」

少女は素直に毛布を受け取って、体に巻きつけるようにして、立て膝を抱え込んでいた。

「その格好じゃ、寝られないぜ」

「眠くない」

「そうか」

「疲れただけなの」

少女の口調には、力がなかった。

「おい。——腹が減ってるんじゃないのか?」

少女は少しためらってから肯いた。

「食べてないのか。いつからだ?」

「——朝から」

「育ち盛りにゃ辛いな。待ってな」

男は立ち上ってフラリと姿を消した。
五、六分して戻って来ると、
「ほら、まだ温いぜ」

　と、紙袋に入ったハンバーガーを手渡した。

「でも……」

「タダでいいんだ。それに、俺は米の飯しか食わない」

　少女は紙袋を破ると、ハンバーガーに文字通りかみついた。――食べ慣れた味なのだろう、安心して、貪《むさぼ》るようにアッという間に食べてしまった。

「――ありがとう！」

　と、少女は言った。「お腹ペコペコだったの！」

「一個じゃ足らなかったかな」

　と、男は笑った。

「ううん、今は充分」

「眠っていいぜ。別に、起さなくていいんだろ」

「でも……起きたら出て行くから」

「好きにしな。止めやしないよ」

　少女は段ボールの囲いの中で、手足を縮めて横になり、毛布をかぶった。

「――足下が寒くないか？　靴は脱いだ方がいいぜ」

　と、男は言ったが――。

　少女は寝息をたてて、早くも眠り込んでいた。

男は呆《あき》れて、
「若いんだな」
と、ちょっと笑った。「しかし、どうしてこんな所に来たんだ?」
だが、もちろん少女は答えなかった。
男は古い毛布を広げると、それにくるまって横になり、目を閉じた。
夜は更けて行った。
世間での騒ぎも、この公園の一隅で眠る二人には届かないようだった……。

3　真夜中

ゆっくりとお湯に浸った爽香が、いささかほてった体にバスローブをはおって、

「いい気持だった」

と、バスルームから出ると、明男がカレーライスを食べている。

「長風呂だな」

「お腹空いたの？」

「ああ。それに夜食ってのもいいじゃないか。せっかくホテルに泊ったんだし」

結局、明男の言うまま、ホテルの部屋を取って泊ることにした。

「お前にも、お茶漬取っといた」

「ありがとう」

と、爽香は笑って、「たまには、こんなぜいたくもいいか」

と、バスローブのまま、ソファに座る。

プロジェクトのメンバーだった宮本安久の変死、という出来事は、いくら事件に慣れた爽

香にとってもショックである。

もちろん、直接爽香に責任はあるまいが、何といっても、警察での事情聴取だけでも疲れる。それを気づかって、社長の田端将夫の母、真保が明男に連絡してくれた。

爽香も、その配慮に感謝して、こうして一晩、ここで過しているのだ。

爽香も意外にお腹が空いていたようで、ルームサービスで取っておいてくれたお茶漬を、アッという間に平らげていた。

「――ごちそうさま」

と、息をついて、「明日、直接会社に行くの?」

「ああ、そのつもりだ」

「私、早く出て一旦家へ帰るわ。同じもの着て出社できないわよ」

「そうか」

「女は色々大変なの」

と、爽香は言った。

そして、思い切り伸びをすると、

「さあ、もう寝ないと。そうのんびりしちゃいられないわよ」

と言った。「――鳴ってる?」

ケータイの鳴る音がしていた。

「私のだ」

爽香は、バッグの中からケータイを取り出した。「誰だろ。——もしもし」

出るのに少し手間取ったせいか、向うはちょっと黙ってしまったが、

「あの……杉原さんですか」

と、女の声がした。

「そうです。——どなたですか？」

と訊くと、相手は少し口ごもるように、

「ご迷惑をおかけして……」

「え？」

「私……宮本正美です」

爽香は一瞬息を呑《の》んだ。

「宮本さんの……」

「家内です。すみません」

「奥さん、今どちらに？　娘さんは——怜さんはご一緒ですか」

と、爽香が訊くと、

「いえ、一緒ではありません。あの子は——怜は見付かっていないのでしょうか」

「そうなんです。心配していますけど。奥さん、会ってお話できませんか」

「杉原さん……」

「ご心配なく。警察へ連絡したりしません。私だけですから。――いけませんか」

向うはしばらく黙っていた。

そして、やっと重い口調で、

「主人は、いつも杉原さんに感謝していました。若いのに、本当に部下の気持が分る人だと……」

「そんなこと……。ご主人のことは、何も分っていませんでした」

と、爽香は言った。「今、どちらにおいでですか?」

「あの……都心の方です」

と、正美はためらいがちに言った。

「それなら――。私も今、ホテルSに泊っています。今日色々あったので、疲れてしまって」

「まあ。それじゃ、割合近くです」

正美の声は、ひどく疲れていた。

「お待ち下さい」

爽香は送話口をふさぐと、「――明男」

「ああ、どうした?」

「亡くなった宮本さんの奥さん。凄く疲れてるみたいで……」

明男は、ちょっとポカンとしていたが、

「つまり——俺だけ帰れってことか？」

「無理しなくてもいいけど……」

「分ったよ」

と、明男は苦笑して、「大丈夫なのか？　もう一部屋、取ろうか」

「でも、もったいないでしょ」

「まあな。でも、ここで泊るんだと——ベッド、ちゃんと直しとけよ」

「あ、そうか」

爽香は、ベッドが乱れているのを見て、ちょっと首をすぼめ、「じゃ、できるだけ安い部屋、一つ頼んで。シングルがあれば、それで充分」

「分った」

明男が部屋の電話を取った。

「——すみません」

と、爽香は言った。「お疲れでしょう？　泊られて下さい、ここに」

「まあ、そんなわけには……。私、あまり持ち合せがないんです」

「そんなこと、いいんです。今はともかく、こちらへ。いいですか？」

少し間があって、

「じゃ、伺いますわ。——本当に、主人の言っていた通りの方ですね」

「ご主人、何とおっしゃってたんですか？」

「つい、親切に甘えたくなる人だと申していました」

「誰でも、そうしなきゃいられないときがあります」

と、爽香は言った。「お待ちしていますわ。下のロビーで。どれくらいかかりますか？」

爽香はすっかり目が覚めてしまっていた。

体が芯から冷えてくる感覚に、怜は目が覚めて、体を起した。

段ボールの中で、毛布にくるまっていても、地面に接した面はじわじわ冷えてくるのだ。

こんな感じは初めてだった。

「どうした」

と、男が言った。

「あ、いえ……」

「寒いだろ。地面で寝るってのは」

「はい……」

怜は身震いした。

「トイレに行っときな。何しろ冷えるからな」

「あの……」

「公園の中にあるよ。そうひどくないぜ」

と、男は言った。

「はい……」

怜は毛布を傍へ置いて、モゾモゾと立ち上った。

「待て」

男は起き出して、「ついてってやる。暗いし、気味が悪いだろ」

「すみません」

怜はホッとした。

「これもいる」

男は、どこにあったのか、トイレのロールペーパーを手にして、「公園のトイレにゃ紙はついてない」

怜がそれを見て、ちょっと笑った。

「よしよし。笑えるってのは望みがあるってことだ」

男は先に立って、「――来な」

と促した。

怜は、男について暗い公園の中へと入って行った。

——怜は、公園の中のトイレから出ると、少し離れた所でタバコを喫《す》っている男の所へ行って、

「ありがとう」

と言った。「これ……」

と、トイレットペーパーを返す。

「どうする?」

と、男は訊いた。

「どうする、って……」

怜は戸惑った。

「家へ帰りたいんじゃないか?」

「ああ……。いえ、帰りません」

「朝までいるのか」

「はい」

「朝になると、俺の同類が何人もやって来るぜ。そこの水道で顔を洗いにな。公園の中ならタダだ」

怜は黙って立っていた。

「よし、分った。戻ろう」

男はタバコを投げて、足で踏みつぶした。

二人はまた段ボールの「部屋」に戻った。

毛布にくるまると、

「一つ、訊いていいですか」

と、怜は言った。

「何だい？」

「あのトイレットペーパー、どこで？　上等ですね、柔らかくて」

男は笑って、

「教えてやろう。あれはな、この近くのホテルのトイレからいただいて来たのさ」

「ホテルの？」

「ちょっとひげを当って、ズボンの折り目を直しゃ、一見したところ『住所不定、無職』にゃ見えないんだ。当り前のようにホテルへ入り、トイレに行って、予備のロールペーパーをいただいて来るってわけだ」

「よく見付かりませんね」

「そこが腕の見せどころさ。それに俺は使いかけのロールペーパーまで持って来ない。仲間の中にゃ、全部かっさらって来るのもいてな。そういうことをすると嫌われる」

怜は、男の話し方がおかしくて、ついニコニコしていた。

「——分らねえな」

「え？」

「どうして、こんな所に来たんだ？」

怜は黙って目を伏せた。

「まあいい。何か、よほどのわけがあるんだろうな。しかし、ここでの暮しに慣れるまでいちゃいけないぜ。元の暮しに戻れなくなる」

「もう……戻れない」

と、怜は言った。

「そんなことあるもんか。そりゃ、俺みたいな年齢《とし》になったら、戻れないこともあるが、君のように若い子は、たとえ何をやらかしても、ちゃんとやり直せる」

怜は答えなかった。

男は肯いて、

「どうやら、見かけによらず頑固なお嬢さんらしいな」

と言った。「まあいい。今は眠るんだ。その毛布一枚じゃ寒かったら、俺のも貸してやる」

「でも、それじゃ、おじさんのが——」

「俺は平気さ。こういう暮しに慣れてる」

「そんなのだめ」

と、怜は言った。「私はこれだけで大丈夫。ちゃんと眠るから」

「分ったよ」

男は愉快そうに、「なかなか負けん気の強い子だ。そういう気持を持ってりゃ、どこででも生きていける」

「おやすみなさい」

怜は段ボールの中に横になって、毛布にくるまった。

「おやすみ」

男も横になる。

「——おじさん」

「うん？」

「名前、何ていうの？」

「俺の名前？　訊いてどうする」

「別に。何だか『おじさん』じゃ失礼みたいな気がして」

「そんなことはないけどな……。名の方だけでいいだろう。誠一郎《せいいちろう》っていうんだ。ちょっと偉そうだろ」

「〈誠〉って書くの？　立派そうね」

「名前の方が偉過ぎたんだ」

「——私は怜」

怜はもう一度、「おやすみなさい」

と言った。

そして——怜自身、後でびっくりしたことに——今度はぐっすりと寝入って、朝遅くまで起きなかったのである。

4　沈　黙

モーニングコールで目が覚めた爽香は、

「明男……」

と、隣のベッドへ目をやったが、もう明男の姿はなく、枕の上にメモがあって、

〈よく寝てるから、起さなかった。麻生君に少し遅れると連絡しといたよ。　明男〉

「――いけない！」

ナイトテーブルの時計を見ると、もう九時になっている。

早めの時間にセットしたモーニングコールでは、明男しか起きなかった、ということだ。

明男が、もう一度、この時間にセットして出かけて行ったのだろう。

「ああ……。もう年齢《とし》だ」

と、爽香はため息と共に嘆いた。

前には絶対にこんなことなかったのに……。

「でも……。ああ、そうか」

どうしてこんなに眠ってしまったのか、今思い出したのである。

深夜、宮本正美がホテルへやって来ると、新たに取ったシングルルームへ連れて行き、ルームサービスで食事を頼んだ。

正美は疲れ切っていて、爽香の問いにも、ほとんど返事をしなかった。それでも、運ばれて来た夜食をきれいに食べてしまったのは、よほど空腹だったのだろう。

正美は涙ぐみながら爽香に感謝して、

「どうか話は明日まで待って下さい。――すみませんが」

と、深々と頭を下げたのである……。

そう。あんな時間まで付合っていたのだ。起きられなくても仕方ない。

爽香は、ともかくバスルームへ行って顔を洗い、頭をすっきりさせてから、宮本正美の泊っている部屋へ電話した。

正美も、まだ目を覚ましていないかもしれないが、これ以上会社に遅刻するわけにもいかない。

呼出し音は聞こえているが、一向に出ないので、心配になった。正美の身に何か……。

行って、直接ドアを叩いてみようと思い立ち、部屋を出ようとしたとき、初めてドアの下に差し込まれている紙に気付いた。

取り上げて開いてみると、走り書きで、

〈杉原様
昨夜のご親切、忘れません。
今は事情をお話できないわけがございます。勝手をお許し下さい。
正美〉
とあった。
「そんな……」
爽香は、急に力が抜けて、ベッドに座り込んでしまった。

数字、数字……。

目の前に並ぶ数字を見ている内、川上信代《かわかみのぶよ》は頭痛がして、思わず目を閉じてしまった。

「――奥様、大丈夫ですか？」

と、説明に立っていた女性教師が気付いて、「少しお休みになった方が……」

「いえ、大丈夫。続けてちょうだい」

と、川上信代は首を振って、背筋を伸すと、「それと、ここは代表会議の席ですよ。『奥様』はやめて。『学園長』と呼んでちょうだい」

「失礼しました。そんなつもりでは……」

「いいのよ」

と、信代は微笑んで、「まあ、正確に言えば、『学園長代理』ですけどね。『代理』までつけたら、呼びにくいでしょ」

冗談めかした言い方に、会議の空気が和んだ。

「コーヒーをおいれしました」

と、会議室のドアを開けて、ワゴンを押して入って来たのは、信代の——というより、学園長秘書の下坂亜矢子《しもさかあやこ》である。

「ちょうどいいわ。コーヒーブレイクにしましょう」

と、信代は言った。

会議室の空気がザワザワと緩んで行く。

——本当に、よくできた人だわ。

信代は、コーヒーを配っている秘書の下坂亜矢子の方へ目をやって、思った。

会議の雰囲気が「煮詰って」、空気がとげとげしくなったとき、決って、こうしてコーヒーを持って来たりして、ホッと一息つかせてくれる。

そうなってから準備しているのではない。予めそうなるころを予想して、準備しているわけだ。

容易なことではない。

一人一人の好み、ミルクは？　砂糖は？

それも亜矢子はすべて記憶している。

下坂亜矢子は三十六歳。学園長秘書として、すでに十年以上になる。

独身の一人暮し、ということ以外、川上信代も亜矢子のことはよく知らない。

学園内の誰とも噂にさえなったことがないのである。

地味ではあるが、整った容貌で、音楽やオペラも好き。しかし、男性と連れ立って行ったという話は聞かない。

ふしぎな人だわ、と信代は思った。

信代は、ふと傍に置いたバッグの中のケータイが、マナーモードで震えているのに気付いた。

手に取って、席を立つ。

「ちょっと失礼」

と、ひと言、会議室を出る。

廊下へ出てから、左右を見て、

「――もしもし」

と、出た。

「川上さんですか」

「ええ」

「広田《ひろた》です」

「どうも。何か分りまして?」

「多少手がかりが――」

「どこにいるか、分ったんですか?」

信代の声が緊張した。

「いえ、落ちついて下さい。必ずしも確実というわけでは」

「じゃ、どういう……」

「聞き込みをする内、ご主人の写真を見て、見たことがあるという者がいましてね」

「それは誰ですか?」

「公園で寝泊りしている、いわゆるホームレスの男です」

「まあ」

「一人二人なら、謝礼目当てにでたらめを言うこともありますが、割合近くにいる男が、三人、ご主人を見たと言っているので、可能性はあります」

「主人はどんな風だったと?」

「まあ、特に具合が悪そうにも見えなかったそうです。あまり話はしなかったようですが……」

「それで、主人はどこへ行くとか話さなかったんですか?」

「ええ、特に何も。――ここはK駅前の公園なんですが、ご主人はここに一週間くらいいたようです。姿が見えなくなったのは、三人の話を合せると、たぶん十日ぐらい前ではないかと――」

「待って下さい」

と、信代は遮った。「今――一週間くらいそこにいた、とおっしゃったの？」

「そうです。まあ、大体のところですが」

「それはつまり……主人が公園で暮していたんですか。ホームレスのように」

「ええ。とても器用に段ボールで部屋を作るので、何人か、自分の所を直してもらったりしたそうです。ご主人は快く引き受けられて――」

「あの、今、ちょっと会議中なもので」

と、信代は早口に言うと、「調査を続けて下さい。よろしく」

と、通話を切ってしまった。

ケータイを持つ信代の手が震えている。そして、顔は青ざめていた。

「――学園長」

と、下坂亜矢子が顔を出して、「会議に戻られますか？」

「ええ、もちろん。続けましょう」

亜矢子は信代の顔を一目見て、

「先生、お顔の色が。――少し横になられた方がいいですわ」

「いえ、大丈夫。何でもないの」

信代は強く首を振った。「そうのんびりしていられないわ。会議の後、来客があったでしょ」

「はい。でも、その予定はキャンセルしても特に問題は――」

「平気よ。さあ、行きましょう」

亜矢子も、それ以上は言わなかった。

信代は席へ戻って、会議を再開した。

しかし――出席者の発言は一向に頭に入らず、耳もとを素通りして行った。

そんなことが……。あんまりだわ！

S学園学園長がホームレスと一緒に暮していたなんて。もし、関係者に知れたら、この学校は終りだ。

あの人は、一体何を考えてるんだろう？

学園の最高責任者が、責任を投げ出してホームレスになるような学校に、一体誰が我が子を入れたがるだろうか……。

考えれば考えるほど、信代は怒りと屈辱に震えた。

無責任な！　無責任な！

「――学園長。いかがでしょうか」

学園祭の予算配分について、説明を終えた担当教師が言った。

本当に無責任な……。

「学園長……」

不安げな空気が会議室に流れた。

「――どうもありがとう」

と、信代は言って微笑んだ。「大体いいんじゃないかしら」

話はほとんど理解していない。

しかし、信代のひと言で、会議の空気はホッと和んだ。

「誰か意見のある人は？」

と、信代は出席者の顔を見渡した。

どうせ発言などないに決っている。いつも上に向っては、

「結構でございます」

「それでよろしいかと存じます」

としか言わない連中である。

結局、それが学園にとっては一番楽だ。

だが、そのとき、

「ひと言よろしいでしょうか」

と、手を上げた者がいる。

「どうぞ、笠木《かさぎ》先生」

笠木仁志《ひとし》は、この出席者の中で一番若い。たぶん三十七、八だろう。

「運動部関係に比べ、研究会に対する予算が少な過ぎます。特に〈難民問題研究会〉や〈平和問題研究会〉の予算では、展示パネルの用意すらできません。写真を展示する場合はお金を払わなくてはならないこともありますし……」

その発言に覆いかぶせるように、

「学生の本分は勉強とスポーツだ。妙な政治思想にかぶれることじゃない」

と、大声で言ったのは、もう五十を過ぎている三崎《みさき》という英語教師だった。

「世界の現実を知ることは、特定の思想に偏ることではありません」

と、笠木は穏やかに言い返した。「現に、毎年三崎先生の所で受け容れている英語の交換留学生との話し合いでは、いつも日本側学生があまりに世界情勢などに無知で、恥ずかしい思いをされているじゃありませんか」

三崎も、ちょっと詰った。

「笠木先生のおっしゃることもよく分ります」

と、信代は言った。「予算に限りはありますが、どこか削れるところを見付けて、研究会にも回しましょう」

「ありがとうございます」

と、笠木は言った。

「ここですぐ具体的な数字は出せないでしょうから、後で打合せを」

信代はちょっと息をついて、「――では、今日はこれで終ります」

と言った。

教師たちが次々に席を立って出て行く。

「学園長」

と、下坂亜矢子がやって来て、「来客のお約束まで三十分あります。今の内に、何か軽く召し上っては？」

「ああ、そうね。そうしましょう」

と、信代はファイルをパタッと閉じた。


――笠木仁志は、職員室の方へ戻りかけて、途中で足を止め、研究会の部屋へと向った。

職員室へ行けば、どうせ三崎からまたネチネチと嫌味を言われる。

古ぼけた旧校舎の中に、研究会の部屋がある。

笠木は、その部屋の前に、一人の女子学生が立っているのを見て、足を止めた。

「何してるんだ」

「やっぱり、ここに来た」

と、女子学生はちょっと笑って、「分ってたんだ。先生、会議の後は絶対、ここへ来るって」

そして、その女子学生は、笠木の腕にパッと腕を絡めた。

5　写　真

「とても時間が——」

と、爽香が言いかけると、

「社長命令だと言っても？」

と、田端将夫が遮った。

「社長……」

爽香はため息をついて、「その命令を出される前に、仕事を減らして下さい」

本当に、経営者って、気楽なもんだ。

自分がどんどん仕事をふやしておいて、

「あんまり働き過ぎるのも良くないぞ」

などと真面目にのたまう。

「それは別だ」

と、田端は言った。「君みたいな有能な人間を休ませとくほど、うちの社は楽じゃない」

爽香は田端と二人でランチを取っていた。

何か大事な話があるとき、田端はよくこのレストランの個室でランチを取る。

〈レインボー・プロジェクト〉解散の話だろうと爽香は思っていた。

「何も遊びに行けとは言ってない」

と、田端は言った。「先進諸国の老人対策の現状を調べに行くんだ」

「でも、ヨーロッパへ二週間なんて、周囲は仕事とは思いません」

「〈レインボー・ハウス〉を仕上げた君が外国へ出かけても、ちっともふしぎじゃないさ」

「だって、もうあれは建ってしまったんです。今さらああすれば、とか言っても……」

「今後の仕事に役立つさ」

爽香は、田端が「今後の」という言葉にかすかに力をこめたのを、聞き逃さなかった。

「また何かやるんですか」

今の〈G興産〉にそんな余力があるとは思えなかった。

「君、やりたくないのか」

「それは……できるものなら」

と、爽香は正直に言った。「〈レインボー・ハウス〉で実現できなかったこととか、ハードよりソフトにもっと力を入れてみたいとか……。でも、〈G興産〉にそんな余裕は――」

「会社の心配は僕がする」

「はい」

「君は、新しいプロジェクトのことを考えてくれ」

「でも……」

「何だ？」

「誰か他の人をチーフにして下さい」

「周囲の雑音なら、気にするな」

そりゃ、社長はそれでいいでしょうけどね……。爽香は口に出したいのを、何とかこらえた。

「まあ、誰か名目上のチーフを一人置いてもいい。しかし、君よりも状況をよく分っている社員はいないぞ」

「でも、それでは困るんです」

と、爽香は言った。「もし、私が本当にヨーロッパへ行ったとして、飛行機事故で死んだらどうなるんですか？　私でないと分らない、ということが、今は多過ぎるんです。〈レインボー・ハウス〉の場合は時間的にも余裕がなくて仕方なかったと思いますが、もし次のプロジェクトが立ち上るのなら、同じくらい全体の状況を把握している人間が三人はいないと」

田端は、それを聞いて笑った。爽香は食事の手を止めて、

「何かおかしいことを言いましたか、私?」

「いや、君は珍しい人だよ。普通なら、『私でなきゃ』と言うところだ」

爽香は、ちょっと微笑んで、

「もちろん、私だって社長が『君しかできる者はいない』っておっしゃって下さったら嬉しいです」

「そうなのか」

「ええ。『じゃ、他の者に当ろう』って言われたら、『ちょっと待って下さい』って言いますよ、きっと」

「そいつは惜しかった」

「でも、私も少し楽したいですから。今みたいに忙しい日々が続いたら、夫婦仲も崩壊します」

「おい、真面目な顔で言うな。君とご主人の仲がいいのは誰でも知ってる」

「からかわないで下さい」

「本当さ。――だからヨーロッパにも夫婦で行ってほしいんだ」

爽香は呆気に取られて、

「主人は他の会社の社員ですよ」

「何とかなるさ。〈N運送〉とは取引きもあるし」

田端の口調で、爽香には分った。

「お母様のアイデアですね」

「当りだ」

「無茶をおっしゃるんですから、お母様は」

「いや、二週間も二人で旅行してれば、君らにも子供が授かるかと思ってるらしくてね」

爽香は頰を染めて、

「家族計画のことまで、お気づかいいただかなくても結構です」

と言った……。


社へ戻った爽香が、一階でエレベーターを待っていると、

「爽香さん！」

と、荻原里美《おぎわらさとみ》がロビーを駆けて来た。

「ああ、どうしたの？　社長のご用で外出？」

かつて〈飛脚《ひきゃく》ちゃん〉と呼ばれていた里美も、今は田端直属の秘書の一人だ。

「今、地下鉄の駅で降りて、売店の前を通ったら、この週刊誌の宣伝が……」

里美は丸めて持っていた週刊誌を爽香へ差し出した。保守的な姿勢で知られる〈週刊S〉である。

その表紙を見た爽香は息を呑んだ。

〈父親殺しの十四歳、顔写真掲載！〉

と、大きな文字が躍っている。

急いでめくると、グラビアのモノクロページの頭に、宮本怜の写真が大きく掲載されている。

おそらく学校関係の誰かが流したのだろう、ブレザーの制服の証明書用らしい正面からの写真、そして、旅行のスナップらしく、パジャマ姿でピースのサインをしている笑顔の写真。

キャプションには、〈宮本安久さん（四十歳）を殺害して逃亡中の怜（十四歳）〉と、実名が出ている。

「何てことするの……」

爽香は言いようのない怒りに眉をひそめた。

「この週刊誌、得意ですものね、こういうことやるの」

と、里美は言った。

「布子先生、大変だろうな。――ありがとう、教えてくれて」

「腹立ちますよね」

と、里美が首を振って、「本当に犯人かどうかも分らないし、もし本当に父親を殺したとしても、どんな事情があったか……」

「こういうものを載せる人たちは、ただ話題になって、売れればいいのよ。それを、〈親殺しの横行する世相への警鐘〉なんて、理屈をつけるのが卑劣だわ」

と、爽香は言った。

案の定、週刊誌の最後のページを見ると、〈編集長の見解〉と称して、〈ただ未成年だからといって、凶悪事件を起して逃亡している犯人の名前も顔も出さない、というのでは、新たな犠牲者を出す恐れがある。批判を覚悟で、あえて掲載に踏み切った……〉とある。

どの事件が凶悪で、どの事件が凶悪でないかを、捜査に係っているわけでもない、出版社の一編集長が決めるというのだ。

いつから週刊誌の編集長は裁判官になったのか。

一旦こうして公表されれば、ネットなどにも写真が流れるのは避けられない。

「どこにいるのかしら……」

エレベーターの中で、爽香は呟いた。

怜が行方不明になって、一週間がたつ。

あのとき、怜を引き止めておけなかったことが悔まれた。

母親の正美も、あの夜、ホテルに泊めてから、姿を消して、それきりである。

「爽香さん」

と、里美は言った。「私、怜って子のこと、他人事だと思えないんです。私は爽香さんとか、社長とか、本当にいい人たちと巡り会えて、こうしてちゃんと暮してますけど、もしこの出会いがなかったら、一郎《いちろう》を抱えて、食べていくために何だってやったかも……。今ごろ、人だって殺してたかもしれません」

「里美ちゃん……」

「本当ですよ。この編集長だって、どんなことで人を殺すかもしれないのに。人間、犯罪者になるのに生れつきの凶暴さなんて、ちっとも必要じゃないんです」

幼い弟を育てながら、必死で頑張って来た里美の言葉には重みがあった。

「無事に見付かって欲しいわね」

と、爽香は言った。「もう寒くなるころだし……」

段ボールの「家」の入口に足音がして、

「おい、昼飯だ」

と、誠一郎が顔を出した。

「お帰りなさい」

と、怜は言った。

「何してるんだ？」

「靴下に穴が開いてたから、縫ってるの」

と、怜は歯で糸を切った。「はい、これでしばらく大丈夫」

「へえ。今どきの女の子で、針や糸が使えるとは珍しいな」

と、誠一郎は中へ入って腰をおろすと、「いつも家でやってるのか？」

「ううん、全然」

と、怜は首を振って、「でも、手芸クラブに入ってたから、得意なの」

「へえ。そんなクラブ、うちの学校にゃなかったな」

と言って、誠一郎はハッとした様子で怜を見た。

「――誠一郎さん、学校の先生だったの？」

と、怜は訊いた。

「いや……。まあ、ちょっとやったことがある」

「分るな。先生らしい雰囲気あるもの」

「そうか？　――さあ、サンドイッチだ。食べろよ」

「ありがとう。新品？」

「子供連れの夫婦がな、その辺散歩してて、買い過ぎた、って持て余してたんだ」

「いただきます」

怜はサンドイッチをつまんだ。「誠一郎さんも食べて」

「一切れだけな。じき弁当の配布がある」

怜はちょっと外を覗いて、

「晴れて良かった。もう一日雨降ったら、この家、崩壊するところね」

昨日、一昨日と雨で、ビニールシートはかけてあるものの、段ボールに雨がしみ込んでいた。

晴れた今日は、ビニールを外して、日射しで段ボールを乾かしている。

「お日様の光って、ありがたいのね。私、そんなこと、考えたこともなかった」

誠一郎は少し困ったような顔で怜を見ると、

「なあ……。何があったか知らないが、もう一週間だぜ。いい加減、家へ帰っちゃどうなんだ?」

怜はサンドイッチを持った手を止めて、

「私がいると迷惑?」

「いや、俺は別に構わないけどな」

「じゃ、もう少し置いて。私、TVもケータイもなしで、自分が生きていける、って初めて知った」

「しかし——家の人が捜してるぞ」

「たぶんね。でも、おじさんは知らないでいて。私が勝手に押しかけただけ」

誠一郎はため息をつくと、

「読み捨てられた雑誌や週刊誌を十円で売るんだ。まあ、いくらかの金にはなる」

と言って、ズボンのポケットからクシャクシャの千円札を取り出した。「さあ、これをやるから」

「え？」

「下着の替えを買って来い。気持悪いだろ」

怜はちょっと頬を染めると、

「ありがとう」

と、千円札を受け取った。

そして、立て膝をして両手で抱え込むと、

「誠一郎さん」

「何だ」

「私のことばっかり訊くけど、あなたはどうしてここにいるの？」

誠一郎は肩をすくめて、

「大人にゃ、色々事情があるのさ」

と言った。

「じゃ、私も同じ。子供だって、色々事情があるの」

誠一郎は笑って、

「分ったよ。無理には訊かない。しかし、いつでも黙って出てっていいんだよ」

「ええ、そのときは……。でも、ちゃんとお礼くらいは言うわ」

怜は立ち上りながら段ボールから出ると、

「じゃ、ちょっと買物して来る」

「ああ、行っといで」

誠一郎は手を振って見せた。

怜がタタッと走って行く。――あんな風に走れるのは十代の内だ。

誠一郎はいつも、そういう子たちに囲まれていた。そして、そのことが誇らしくもあったのだが……。

そのとき、引きずるような足音がして、

「今、ちょっといい？」

と、丸顔の女が顔を出した。

「やあ。入れよ」

と、誠一郎は言った。「膝はどうだ？」

「昨日の湿気がまだ抜けないからね」

と、女は言って、誠一郎の隣に腰をおろし、息をついた。

四十代の半ばくらいか。〈ケイ子〉という名で呼ばれている女で、この公園に、もう一年近くいるらしい。

「新入り」の誠一郎に気軽に声をかけ、色々教えてくれた。太っているのと、こういう場所にいるせいで、膝を痛めていた。

「雨洩りはしなかったか？」

と、誠一郎は訊いた。「直す所があれば言ってくれ」

「ありがとう。この間直してくれたんで、まだ大丈夫」

ケイ子はそう言ってから、「ねえ、あの子、いつまで置いとく気？」

「ああ。――早く帰れと言ってるんだが、なかなか頑固でね」

「うまくないよ。どう見ても中学生だろ？」

「たぶんな」

「二、三日ならともかく、一週間となるとね。――パトロールの警官に知られる前に、出てってもらった方がいい」

「うん……。しかし、話してて分るんだ。よほどの事情がある」

「それにしたってさ」

ケイ子は、ちょっとためらってから、「あんた……あの子と何かあった？」

「え？　――やめてくれよ。子供だぜ」

と、誠一郎は苦笑した。

「私は信じるよ、あんたの言葉をね。でも、他の連中は面白く思ってない」

「そうか」

「トラブルの素は早く片付けるこったよ。何なら、あの子に私から話そうか?」

「いや、僕から言うよ」

「そう。——用心しないと。お上も怖いけど、〈旦那〉も怖いからね」

誠一郎はケイ子をまじまじと見て、

「〈旦那〉は知ってるのか、あの子のことを」

「さあね。まだ知らないとしても、この一日、二日の内にゃ耳に入るよ。——悪いことは言わない。早く出てってもらうんだね」

ケイ子は立ち上って、「お邪魔さま」

と、出て行った。

6　虚像

「ねえ、学園長、蒸発しちゃったって、本当？」

古びた机に腰をかけて、ブレザー姿の女子高生が言った。

笠木は次の授業の準備をしていた手を止めて、

「そんな話、誰から聞いた？」

「みんな言ってるよ」

安江香奈《やすえかな》は十六歳の二年生。このS学園に中学から通っている。

笠木は、中学のころから現代社会の教師として、安江香奈を教えて来た。

〈人種問題研究会〉や〈難民問題研究会〉など、学年ごとに、テーマを絞って立ち上げて来た研究会には、必ず安江香奈の姿があった。

成績はいつも中くらいだが、ボランティア活動にも熱心で、一種大人びた落ちつきを感じさせる。

「だって、うちのクラスのミッチなんか、学園長の親戚だもん。しっかり親同士の電話とか聞いてる」

「そうか」

笠木はため息をついて、「公式には、あくまで病気療養中だ。いいな」

「分ってる」

「まあ……事実だ」

「行方不明ってこと？」

「正確には『家出』かな」

「ふーん」

と、香奈は肯いて、「学園長、養子でしょ？　きっと、色々あったんだろうな」

「お前が心配することじゃない」

と、笠木は時計を見て、「もう教室へ戻れよ。次の授業が始まるぞ」

「心配するわよ。あの学園長は結構私たちの研究会活動に理解あったじゃない。奥さんはだめだもん」

香奈の心配は、笠木にもよく分っていた。

確かに、学園長の川上誠一郎は生徒の自主性を尊重して、研究会の活動にほとんど口を出さなかった。

しかし、今「代理」をつとめる妻の信代は何でも「自分の好み」通りにしないと苛立《いらだ》つタイプだ。

あの英語教師、三崎がお気に入りで、彼を〈受験担当〉にして、国立大学へ一人でも多くの生徒を送り込みたがっている。

そのためには、

「受験の役に立たない」

社会問題や難民問題など放っておけ、というわけだ。

「——俺が何とか予算は取る」

と、笠木は言った。「初めの予定通り、安心してやれ」

「うん……」

香奈は微笑んで、「でも——先生」

「何だ」

「先生にだって、奥さんも子供さんもあるじゃない。先生辞めさせられたら、困るでしょ？」

笠木は苦笑して、

「俺の財布の中身なんか心配しなくていい。クビになっても、食べていくぐらい、何とかなるさ」

「クビ？」

「たとえば、の話だ」

「私たちは卒業して行くからいいけど、先生は残るんだものね」

「それは逆だ」

「逆って?」

「俺はこの先何年も生徒たちを教える。しかし、お前たちには、高校生活は今しかないんだ」

と、笠木は言った。「悔いのない生活をしろ。自分でしくじるのはいいが、先生に気をつかって、やりたいことがやれなかったら、ずっと後悔する」

「はい」

と、香奈は明るく肯いた。「あ、授業だ」

チャイムの鳴るのが聞こえた。

「じゃあね!」

香奈が研究会の部屋から飛び出して行く。

笠木は呆れて、

「陸上部に移った方が良さそうだ」

と呟くと、自分も部屋を出た。

新校舎の廊下へ入ったところで、笠木は足を止めた。

「しまった！」

クラス名簿が新しくなっていたのを忘れて、古い方を持って来てしまった。

ちゃんと二つ並べて置いておいたのに。

舌打ちして、足早に旧校舎へと戻る。

そして、研究会の部屋が見える所まで来たとき、部屋のドアが開いているのに気付いた。

おかしい。——閉めて出たはずだ。

笠木は足音を忍ばせて、開いたドアへ近付くと、そっと中を覗き込んだ。

誰かが戸棚の前に椅子を置き、上に乗って、戸棚の上を探っている様子だ。

あれは……。

顔が見えた。事務室にいる若い職員、高梨《たかなし》だ。

何をしてるんだ？

見ていると、高梨は戸棚の上から何かを取り出し、ポケットへ入れると、手を払った。

笠木は廊下を戻って、出て来る高梨をやり過した。

あの様子は普通ではない。

部屋へ入ると、その戸棚の前に椅子を寄せ、上ってみた。

戸棚の上は埃《ほこり》だらけだが……。

笠木はそこに置かれている物を見て、啞然《あぜん》とした。

MDレコーダーだ。——今は電源が入っていないが、録音ボタンを押せば、この室内の会話ぐらいは録れるだろう。

今の笠木と安江香奈の話を録音していたのだ。

三崎か……。おそらく間違いない。

笠木が、会議の後、ここへ来ることを予想していて、高梨を使って、録音させたのだろう。

笠木は、MDレコーダーには手を触れず、新しい名簿を持って、部屋を出て行った……。

笠木は寒気がした。怒るよりも、悲しかった。この学校は、どうなってしまったのか。

盗聴と同じだ。——いずれ、もっと本格的な盗聴装置を仕掛けるかもしれない。

教師が教師の私的な話を録音する。


「ヨーロッパだって?」

と、明男が食事の手を止めて、「この忙しいのに」

「でも、真保さんならやりかねない」

と、爽香は言った。「明男のとこの社長に直接談判して」

「かなわないな」

と、明男は笑った。

――今日も帰りは十時過ぎ。

二人で洋食屋に寄って夕食である。

「もし、話がついちゃったら、明男、行く？」

と、爽香は訊いた。

「金は？」

「〈G興産〉が出すって」

「そんなわけにいかないだろ」

「真保さんは、それでいいと思ってるのよ」

「しかしな……。もちろん二週間休んで、ヨーロッパなんて、悪くないさ。しかし、費用はローンででも、うちで出そう」

「私も賛成」

と、爽香は微笑んだ。

「これからどうするって？」

「プロジェクト？　一旦解散して、別のを立ち上げることになるでしょうね」

「相変らず忙しいな」

明男は食事を終えて、コーヒーを頼むと、

「――な、爽香」

「うん」

「考えたんだけど――」

と、明男が言いかけたとき、爽香のケータイが鳴った。

「ごめん、待って。――布子先生だ」

爽香は席を立つと、急いで店の外へ出た。

「――もしもし、先生？」

「ごめんなさい」

と、布子が言った。「週刊誌のこと、知ってる？」

「見ました。ひどいですね」

「あの週刊誌が、来週号で、うちの学校の記事を出すって言ってるの」

と、布子は言った。「今、大騒ぎ」

「お察しします」

と、爽香は言った。「怜ちゃんの行方は……」

「さっぱり分らないの」

「一度、担任の先生にお会いしたいと思ってるんですけど。すみません、忙しくて」

「いいのよ。分ってるわ」

「中島亜紀先生でしたね」

「ええ」

「明日でも……。夕方、お目にかかれるでしょうか」

「訊いておくわ」

「一つ、約束がキャンセルになったので」

「何時なら？」

「五時とか六時とか」

「分ったわ。メールで返事するわね」

「すみません。よろしく」

と、爽香は言って、「先生。これ、誰にも言ってないんですけど」

「え？」

「あの日の夜、宮本正美さんと会ったんです、私」

「母親と？」

爽香が、正美をホテルに泊めた事情を説明すると、

「――じゃ、母親は全く別に姿を消しているのね」

「そのようです」

「もし、また何か……」

「はい、ご連絡します」

爽香は通話を切って息をつくと、店内へ戻った。

「――ごめん、明男、話って？」

明男は肩をすくめて、

「いや、大したことじゃないんだ」

「何よ。言ってよ。気になるじゃない」

爽香はテーブルの下で明男の足をけとばした。

「いてっ！　――おい、みっともないだろ」

「話してよ」

「帰ってから」

「ここでいいじゃない」

「そうか？」

「何なの？」

「子供、いつ作る？」

隣のテーブルの客が笑っている。

爽香は真赤になって、

「こんな所で！」

「だから言ったろ」

「けとばすぞ！」

爽香は明男をにらんで、皿に残った料理を一気にかっ込んだ。

7　接触

怜は眠っていた。

夜、十時過ぎで、今の都会っ子にとってはそう遅い時間でもない。

しかし、人間、周りが暗くなると、自然眠気がさして来るものらしい。

誠一郎は怜の方をちょっと見てから、そっと起き上り、段ボールハウスから這《は》い出した。

公園は静かだった。

他の「仲間たち」は、ラジオを聞いている者、街灯の明りの下でスポーツ新聞を開いている者など、様々だ。

誠一郎は公園を出て、通りを少し行くと、電話ボックスの中に入った。

ポケットからテレホンカードを取り出す。使い残しのカードをあちこちから集めて来たのである。

しかし、今、ケータイの時代になって、テレホンカードも手に入りにくい。

誠一郎はプッシュホンのボタンを押した。

少し呼出し音が続いて、

「——はい」

と、向うが出た。

「君か。僕だ」

「学園長、しばらくお電話がないので、心配していました」

「その呼び名はやめてくれ」

と、誠一郎は言った。「信代の方がぴったりだよ」

「ですが、色々と問題も」

「何かあったのか？」

「あの……川上先生、直接お会いしてお話できませんか」

と、下坂亜矢子は訊いた。

「下坂君……」

「先生のおられる所は、決して誰にも洩らしません。もし私を信じていただけるのでしたら——」

「もちろん、君のことは信じてるよ」

と、誠一郎は言った。「学園の中でも、心を許せるのは、君や笠木君や、ほんの数人だけだった」

「そうおっしゃって下さると――」

「だからこそ、君を巻き込みたくない。こうして、僕の方からだけ連絡を取ってるのも、君に嘘をつかせたくないからだ。分ってくれ」

少し間があって、

「分りました」

と、下坂亜矢子は言った。「無理を言って申しわけありませんでした」

「いいんだ。それで何か問題というのは？」

「笠木先生が、三崎先生の攻撃の的になっています。私、事務室の高梨君という若い子がこのところ三崎先生とよく飲みに行くという噂を聞いて、何かあると思いまして」

「あのケチな三崎が酒をおごる？　そいつはまともじゃないな」

「同感です」

と、亜矢子はちょっと笑った。「昼休みなどに、高梨君のことをそれとなく見張っていたんです」

「それで？」

「高梨君、笠木先生の研究室の鍵を合鍵で開けて、棚の上にMDレコーダーを」

「それは――つまり、盗聴ということか？」

「笠木先生の個人的な話を録音しているんです。いずれ、隠しマイクでもセットするのではないでしょうか」

「馬鹿なことを！」

と、誠一郎は腹立たしげに言って、「たぶん、信代の指示だな」

「そうはっきりとは……」

「遠慮するな。君だって分ってるだろう」

「たぶん……ご想像の通りかと思います」

「学校の中で、教師が盗聴か！　情ない」

と、ため息をつく。

「川上先生が戻られれば——」

「僕が戻っても、やれることは限られてるよ。今は信代と三崎の路線で学園は突っ走ってる。少々ブレーキをかけても、停るもんじゃない」

「残念ですが、おっしゃる通りかと思います」

「その件、笠木は知ってるのか？」

「たぶんご存知ないと思います」

「何とか方法を考えて知らせてやってくれ。三崎は何をどう利用するか分らない」

「はい、承知しました」

「君が知らせたと分らないようにね」

「お任せ下さい。私の家、祖先は忍者ですから」

「本当か？」

「もちろん嘘です」

誠一郎はふき出して、

「君は大真面目で冗談を言うからね」

「前にも何か申し上げたでしょうか」

「ああ。僕を愛してる、と言ったよ」

「女心の分らない方ですね」

——誠一郎は久しぶりに下坂亜矢子との会話を楽しんだ。

こういう話をして、気楽に笑うことができるのは、亜矢子しかいないのである。

ふと、誠一郎は懐しさに圧倒された。——それほど長いことたったわけでもないのに。

信代は妻ではあっても、もはや心の通い合う相手ではない。

「下坂君。一度会って話そうか」

と、誠一郎は言った。「——もしもし？　聞こえてるかい？」

「はい、聞いています」

「君さえ良ければ……」

「ついさっき、私の方からお願いしたんですから、いやなわけがありません」

「うん、それもそうか。じゃ……」

「明日、学校の帰りに、ということでよろしいでしょうか」

「ああ、そうしよう」

「で、どちらへ伺えば？」

「そうだったな。——君のよく行く所でいいよ」

「学園の近くでは誰かに見られる危険がありますから、私の自宅の辺りでは？」

「いいとも。どこだっけ？」

「一応都内です」

最寄り駅の前の喫茶店を待ち合せ場所に決め、誠一郎は、

「楽しみにしてるよ」

と言って切った。

わずかに度数の残ったテレホンカードを抜いて、早くも誠一郎は後悔していた。

せっかくの決心を、こんなにも簡単に破って良いものか。——自分のだらしなさに、つくづくいや気がさす。

もちろん、下坂亜矢子は彼のことをどこかへ告げ口したりはしない。その点は百パーセント信頼していた。

だが——一度、確かに亜矢子は誠一郎に、

「愛しています」

と言ったのだ。

　誠一郎は冗談に紛らわせて逃げたが、亜矢子は本気だったろう。今はもう誠一郎のことなど忘れて、誰か他の男を愛しているかもしれない。

そうであってくれたらいいのだが。

公園の中へと戻って行くと、

「ちょっと」

と、声がした。

街灯の下に、ケイ子が立っていた。

「やあ、今晩は」

「ちょっと話があるの」

と、ケイ子が深刻な表情で、「少し歩こう」

と促した。

「——何ごとだい？」

「あの子だけど……」

「怜のことか。やっぱり〈旦那〉が何か言って来たか？」

「それどころじゃないよ。とんでもない子だよ、あれは」

「何のことだ？」

ケイ子は手にしていた週刊誌を開いて、黙って誠一郎の方へ差し出した。

明りの下で足を止め、誠一郎はそのグラビア写真を見た。

「警察に追われてるんだよ。しかも父親を殺して」

と、ケイ子は言った。「今すぐ、あの子をここから追い出して、何もかも忘れるか。でなきゃ警察へ知らせるか……」

誠一郎は眉を寄せて、

「間違いだ」

と言った。

「何だって？」

「間違いだ。あの子は父親を殺してはいないよ」

「だって、そこに――」

「週刊誌がいつも正しいことを書いてるか？　警察だって、間違いなんかいつものことだ」

「本当にやったかもしれないじゃないの」

「いや、やってない」

と、誠一郎は首を振った。「僕には分る。僕は教師だった。大勢の子たちを見て来たんだ。分るよ」

ケイ子は不満げに口を開きかけたが、思い直したように、少し間を置いてから、

「――あんたの言う通りかもしれないよ」

と言った。「だけどね、問題は警察があの子を捜してるってことさ。そうだろ？」

「分ってる」

と、誠一郎は肯いた。

「私たちは弱い立場だよ。警察ににらまれるようなことはまずいじゃないの」

「あの子のことは、僕が責任を持つ」

と、誠一郎はきっぱりと言った。「だから僕に任せてくれ」

ケイ子はちょっとため息をつくと、

「分ったよ」

と、肩をすくめた。「私はいいけど……。これだけ載ったら、他にもきっと気が付くのがいる。そこまでは私もどうしようもないからね」

「ああ。――すまない」

誠一郎はその週刊誌を丸めて持つと、「じゃ、おやすみ」

と言って、自分の「家」へと向った。

安江香奈は、ちょうど友だちとケータイで三十分ほどもおしゃべりして、切ったところだ

った。

「お風呂に入って」

と、母の声がして、

「はあい」

と返事したところへ、ケータイが鳴ったのである。

え？　珍しい！

「――もしもし、先生？」

「今、話しても大丈夫か」

と、笠木が言った。

「自分の部屋だもん。珍しいね、先生がかけて来るなんて」

香奈はケータイを耳に当てたまま、ベッドに引っくり返った。「どうしたの？　夫婦喧嘩？」

「馬鹿言え。夫婦喧嘩して、どうしてお前に電話するんだ？」

「慰めてもらいたいのかな、と思って」

「俺はそれほど落ちぶれちゃいないぞ」

と、笠木は笑って言った。

「じゃ、何の用？」

「うん。――お前にも話しておいた方がいいと思ってな」

笠木が、研究会の部屋に仕掛けられたレコーダーのことを話すと、

「何、それ？　信じられない！」

と、香奈は声を上げた。

「ああ、全くな。少なくとも、今日話してたようなことなら、特に問題ないだろう。しかし、これからは用心しないと」

「じゃ、もうあの部屋に行かない方がいい？」

「来てもいいが、自然にしゃべれないだろう」

「どうして、それを突きつけてやらないの？　どうせ三崎のやったことよ」

「ああ。そうは思うが、却《かえ》って気付いてないふりをして、放っておく方がいいかもしれない。一旦明るみに出たら、大問題にせざるを得ない」

「うん……。ふざけてる！」

「今はあれくらいだが、その内、もっと進んで隠しマイクでも仕掛けるかもしれない。――情ない話だ」

「先生……。良かった、私」

「良かった？　何が？」

「先生に『好きです』とか言わなくて。脅迫の種に使われちゃうものね」

「恐ろしいな。——盗聴しようって気持も恐ろしいし、お前に『好きです』なんて言われるのも怖い」

「あ、乙女心を傷つけた！」

と、香奈はむくれた。「清純な娘の恨みも怖いのよ」

「俺にはどうしてやることもできない。——あと一年と少しだ。辛抱しろ」

「うん。でも——先生、大変じゃない」

「生徒は先生のことなんか心配しなくていいんだ。自分のことを心配しろ」

「もうちょっと数学をやれ、でしょ？　分ってる」

笠木はちょっと笑って、

「そういうことだ。邪魔したな」

「ありがとう、先生」

「また明日な」

「うん、明日ね」

香奈は通話の切れたケータイを、しばらく眺めていた。

ふっと目に涙がにじんだ。

先生……。好きです。

決して言ってはいけない言葉。でも、心の中で言ってる分には構わないでしょ。

中学生のころから、香奈は笠木に恋していた。高校生になって、男の子とも少し付合ってみたが、続かなかった。

笠木は今、三十八歳。妻も子もある。

それでも、香奈と話していると、他の生徒とは違った親密さがあるようで、それは香奈の勝手な想像ではない。

しかし、むろんそれは「浮気」などとは縁遠いものでしかなかった。

「三崎の奴……」

笠木が三崎に嫌われていて、何かといやがらせされていることは、香奈にも分っている。でも、盗聴までするなんて！　それでも教師か！

怒りがこみ上げて来て、香奈はじっと天井をにらみつけた。

——三崎をこらしめてやりたい。

「そうだ……」

と、香奈は呟いた。

8　カフェ・オ・レ

「すっかり秋らしくなりましたね」

と、〈ラ・ボエーム〉のオーナー、増田《ますだ》はコーヒーを淹《い》れながら言った。

「早いわね、一年なんて」

と、爽香は肯いた。「ここのコーヒーはいつもおいしい。ホッとするわ」

「ありがとうございます」

と、増田は微笑んで、「お待ち合せですか？」

「ええ」

爽香は腕時計を見て、「十分過ぎてるけど……。場所、分らないのかな」

ちょうどそう言ったところに、店へ入って来た客がある。

爽香にはすぐ分った。

「中島亜紀先生ですね」

と、立ち上って、「杉原爽香です」

「すみません、遅れて」

スーツ姿の、地味な印象の女性である。

「いえ、大丈夫です。どうぞ」

「凄い方向音痴で」

と、中島亜紀は言った。「修学旅行の待ち合せ場所が分らなくなって、三十分も遅れたことがありますわ。前の日に、ちゃんと行って確かめていたのに」

自分で話して照れている。

増田が水のコップを置いて、

「何を差し上げましょう？」

「あ……。カフェ・オ・レを」

「かしこまりました」

中島亜紀は、ちょっと居住いを正して、

「河村布子先生から、杉原さんのことはよく伺っています」

と言った。

「今日はよく学校を出て来られましたね」

「色々週刊誌とかがやって来て、学校は大変です」

と、中島亜紀は言った。「私は特に怜ちゃんの担任ということで。却っていない方がいいから、と言われました」

「それはそうですね」

　爽香は肯いた。

　中島亜紀はかなりの近視らしく、度の強いメガネをかけていた。よく見ると、目の下にかなりはっきりとくまができている。

「宮本怜ちゃんとお会いになったんですね」

　と、爽香を見つめて、「そのときのこと、話していただけますか」

「ええ、もちろん」

　爽香は、宮本安久が無断で欠勤していたことから始めて、訪ねて行った宮本の家の玄関で、出て来た怜とバッタリ会ったことを話した。

「もし、怜ちゃんが父親を刺したのなら、服や手に血がついているはずだと思うんです」

　と、爽香は言った。「あのとき、ほんのわずかの間しか見ていませんが、少なくとも見えるところに血はついていなかったと思います」

「そうですか」

「ちゃんと、そのことも警察に話したんですが……。何だか、マスコミの方が、勝手に怜ちゃんを犯人扱いしてしまって」

　口調に、つい腹立たしさがにじむ。

「怜ちゃんがそんなことをするとは思えません」

と、中島亜紀は言った。「もちろん、自分の生徒だから、客観的に見られない、ということはあるかもしれませんが」

「私も、宮本さんと一緒に仕事していても、個人的なお付合いはなかったので、家庭内のことなど、全く分らないんです。先生、怜ちゃんから何かそれらしいことを聞かれましたか？」

「いえ……。少なくとも、家庭に問題がある子とは見えませんでしたけど」

「父親とお会いになったことは？」

「はい。入学式のときや、父母会でも。――ゆっくりお話ししたことはありませんが、物静かな、いいお父様と思っていました」

カフェ・オ・レが来て、中島亜紀はそっと一口飲むと、「――おいしいわ。ちゃんとコーヒーの味が残っていて」

「そうでしょう？　このお店にはよく来るんです」

と、爽香は微笑んだ。「どうぞ、ごひいきに」

「家の近くにも、こんなおいしいお店があれば……。紙コップで飲むような所しかなくて」

爽香は自分のコーヒーを飲み干すと、

「中島先生。怜ちゃんが父親を殺していないにせよ、姿を消して、もう一週間たちます」

「ええ」

「心配です。——どこにいるにしても、中学二年生の女の子が、姿を隠しているって、簡単なことではないですし。まさか……自殺したとは思いたくありませんが」

「学校でも、それを心配しています」

と、中島亜紀は肯いた。「クラスメイトとか、仲のいい女の子たちには直接話もしました」

爽香は、増田がケータイに出ているのをチラッと見ていた。

「——はあ、そうですね。——は？　——分りました」

意外な電話だったらしい。

「怜ちゃんの母親についてはいかがですか？」

と、爽香は訊いた。「やはり母親も姿を消していますが」

「正美さんですね。父母会や面談でお目にかかったことがあります」

「どんな方ですか？」

爽香の問いに、中島亜紀はちょっと困った様子だった。

「あの……どう申し上げていいか」

と、口ごもる。

「河村先生は、『ユニークな方』とおっしゃってましたけど」

「ええ、そうですね」

と、少しホッとしたように、「とても——何というか——目立ちたがりなんです。父母会でも、一番盛んに発言していました」

「常識外れなところが？」

「ええ……。悪い人じゃないんですが、何かこう……自分が中心でないと我慢できない、という感じで」

「分ります」

と、爽香は肯いた。「怜ちゃん自身はどんな子ですか？」

「特に変ったところはありません。おとなしい、あまり行動的とは言えない子で。――昼休みも、一人教室で本を読んでいるような……」

「何か問題を起したことは？」

「ありません」

「友だちで、特に親しかったのは誰ですか？」

「たぶん……服部由子《はっとりゆうこ》だと思います」

「その子の所にも特に連絡は？」

「ないと思います。隠していれば別ですが……」

増田が、コーヒーカップを手に、

「どうぞ、もう一杯」

「まあ、すみません」

「料金は一杯分で結構ですから」

と、増田は笑顔で、「杉原さんのお知り合いなら、大事なお客様です」

「どうも……」

――爽香は、中島亜紀とさらに少し話し込んだが、ケータイが鳴って、会社へ戻らねばならなくなった。

「何か分ればご連絡します」

と、中島亜紀も一緒に席を立って、「ごちそうさまでした」

と、増田の方へ会釈した。

「とてもおいしかったわ」

「またどうぞ」

増田の声を背に、爽香たちは〈ラ・ボエーム〉を出た。

――増田は、テーブルのカップを片付けていたが……。

「帰ったか」

店の奥から、中川《なかがわ》が現われた。

「中川さん、どういうことです？」

と、増田は訊いた。「いきなりあんなことを……」

「ちゃんと言われた通りにしたな」

「もちろんです」

「よし。——俺の勘が当ったかな」

殺し屋を職業とする中川は、この店のパトロンである。

もちろん、爽香は何も知らない。

ある事件で顔を合せて、それ以来中川はひそかに爽香に思いを寄せている。

ただ、中川のやり方で、爽香を見守っているのである。

「おい、俺にもコーヒーを淹れてくれ」

と、中川は上機嫌で言った。

人間は、どこにいても、結局「上下関係」というしがらみから逃れられないのか。

誠一郎は、公園のベンチに腰をかけて、その男を見ていた。

男はたぶん六十代の半ばくらいか。——この辺りのホームレスの「まとめ役」を自認して、〈旦那〉と呼ばれている。

新しい顔がやって来ても、ここに住むためには〈旦那〉の許可がいる。

〈旦那〉は、その取り巻きとでも言うべき数人を引き連れて、「縄張り」の公園などを見て歩く。

その〈旦那〉に、捧げ物をしてご機嫌を取る者もいる。——サラリーマン社会と同じだ。

せっかく自由になりたくて家を出ても、別の「社会」が待っている。

「――やあ、先生」

〈旦那〉が誠一郎を見てニヤリと笑った。

「今晩は」

と、誠一郎は言った。

「いいかね、ちょっと」

「もちろん」

〈旦那〉はベンチに並んで座ると、

「あんたはインテリだ。――俺はあんたが気に入ってる」

と言った。

誠一郎が元教師だと知っているので、「先生」と呼ぶのである。

「だが、俺はここの全員に責任がある」

誰もこの男に「責任」など負わせていないのだが、当人はそのつもりだ。

「女の子のことだね」

と、誠一郎は言った。

「ああ。それも普通の子じゃないらしいな」

「普通の子は、こんな所で寝泊りしないさ」

「確かにな」

と、〈旦那〉は笑った。

ケイ子が〈旦那〉へ知らせたのだろう。

「あんたの邪魔はしたくないがね、先生。その子をここには置いとけない」

誠一郎は肯いた。

「分った。出て行くよ。僕も一緒に」

「あんたのことは別に――」

「かつては教師だった。子供を一人で放り出せないよ」

「そうか」

「ただ、今夜でなくていいだろ？　明日、明るい内に消えるよ」

「そうしてくれ」

と、〈旦那〉は言った。「波風は立てたくない」

「分った」

そこへ、

「おじさん」

と、怜がやって来たのである。

「寝たかと思ったぜ」

「そう寝てばっかりいられない」

怜は〈旦那〉を見た。

「この人は〈旦那〉といって、この辺りを取り仕切ってる人だ」

誠一郎は仕方なく紹介した。

「今晩は」

怜は屈託ない笑顔で、〈旦那〉に会釈した……。

9 直感

仕事に戻った爽香が、やっと一息ついたのは、もう夜の九時ごろだった。

「お先に」

と、机の上を片付けていると、

「チーフ、お客様です」

と、麻生がやって来た。

「え？」

爽香は、河村布子が少し離れて立っているのを見た。

「――先生！　わざわざここまで？」

「あなたの顔を見たくなったの」

と、布子は言った。「お邪魔じゃなかった？」

「ちっとも！　――もう出るところです」

爽香は手早く仕度をして、会社を出た。

「先生、お食事は?」

「食事どころじゃなくて」

「じゃ、近くで何か食べましょう」

爽香は、布子が疲れているのを察していた。

「明男君は?」

「今日は遅いと言ってましたから」

「そう。それじゃ……」

——近くの気軽なレストランに入った。

爽香もよく来るので、顔なじみだ。

「——中島先生に会った?」

と、布子は訊いた。

「お目にかかりました」

「で、何か……」

爽香は少し迷ったが、

「先生だから、こんなこと言っても大丈夫だと思いますけど」

「何のこと?」

「あの先生、恋人は?」

と、爽香は訊いた。

布子は意外な問いにちょっと目を見開いて爽香を見た。

「恋人ね……。さあ、聞いたことないけど。あんまり個人的なことを話したがらない人なの。でも、どうして？」

爽香は、少し迷いながら、

「いい加減なことを言って、申しわけないんですけど、中島先生って、何だか不幸な恋にのめり込んでしまうタイプのように思えたんです」

「不幸な恋……」

「自分がそんな経験あるわけじゃないのに、勝手言って、すみません」

「いいえ」

と、布子は首を振って、「あなたは色んな人を見て来たわ。その直感は当ってるかもしれないわね」

「中島先生は今――三十二歳でしたっけ？」

「ええ、確かそう」

「もしかして、殺された宮本さんとお付合いしていた、ということはないでしょうか」

布子は思ってもみない話に、しばし返事ができなかった。

「スープ、来ました。飲みましょう」

と、爽香はスプーンを取り上げた。

スープを飲みながら、

「爽香さん、何かそんな印象を受けたの？」

「ええ。怜ちゃんの話をしていて、ご両親のことになったとき、ご主人についてはいやに素気なくて。それでいて、私と目を合せないようにしていました」

「そう……。あり得ないことじゃないわね」

布子はスープを飲んでしまうと、「びっくりして、目が覚めたわ」

と言った。

「もちろん、当ってるとは限りませんよ」

「分ってるわ。でも、調べてみましょう。何か、噂になっていたことでもあるかどうか」

「万一、事実、それに近いことがあったとしても、必ずしも今度の事件と係りがあるとは限らないんですから」

「そうね」

と、布子は肯いた。「中島先生は、教職員での旅行とか、忘年会とか、ほとんど出席しないのよね。よく幹事の先生がボヤいてるわ」

「何かわけがあるんですか？」

「分らないの。――まあ、送別会、歓迎会の類《たぐい》だと、一応顔は出すらしいけど、三十分もすると帰っちゃうって」

「そうですか。――そう人嫌いという印象は受けませんでした」

「私もそう思ってるわ。何か他に理由があるんでしょうね。個人的なことには干渉しない主義だけど、今回はね……」

布子は少し考えて、「一度、中島先生の自宅へ行ってみましょう。何かいい口実があるときに」

「何か分ったら、教えて下さい」

爽香は食事の席にふさわしい、軽い噂話に話題を移した。

「――爽子《さわこ》ちゃん、ヴァイオリン、頑張ってます?」

布子の娘、爽子はもう十四歳。ヴァイオリンの才能を開花させている。

「中学でオーケストラがあるの。あの子、もともと一人で弾くより、みんなで合せるのが好きだから、本当に楽しそう」

「すてきですね」

「今、上級生を差し置いて、コンサートマスター。あ、女性だと、コンサートミストレス、って言うのかな」

「あれだけ上手なら……」

「当人は嫌だと言ったらしいけど、上級生の方が『絶対にあなた』って言ったって」

布子も、娘自慢は嬉しそうである。

「高校はどうするんですか？　音楽高校に？」

「迷ってるの。プロの音楽家になるなら、その方がいいんでしょうけど、でも、音楽の世界と違う、普通のお友だちを持つのも大切なような気がして」

「そうですね。今は音楽だけできればそれでいい、って時代じゃないですよ」

「本人にも、できるだけ小説や映画や、幅広く知ってほしいと思ってる。――私が忙しくて、なかなか連れて行けないけど」

布子は少しの間、食事に専念していたが、

「――ねえ、爽香さん」

「はい」

「私……志乃《しの》さんのことが気になってるの。あかねちゃんも、もう今年で五歳でしょ」

「そうですね」

と、爽香は肯いて、「もう五つか……」

早川《はやかわ》志乃は、布子の夫、河村太郎と一時愛人関係にあって、二人の間には女の子、あかねが生れた。

爽香も係った、ある事件がきっかけで、志乃はあかねを連れて河村から去ったのである。

「秘密にする、って約束があるかもしれないけど、爽香さん、志乃さんからあなたの所に何か連絡ない？」

布子がそう思うのも分らないではなかった。志乃は爽香に色々と相談ごともしていたことがある。

「隠すつもりはありませんけど、実際、何も連絡は来ていません」

「そう……。あかねちゃんのことは、主人も正式に認知しているわけだし、どうしているか、気になるの」

「分ります。——もし、何か連絡があれば、必ずお知らせしますよ」

「ありがとう」

と、布子は微笑んだ。

それから、二人の会話は直接自分たちと関係のない、世間の噂話に移った。

人間はいつもいつも人生と真正面から対決して生きてはいられないのである……。


「ただいま」

中島亜紀は玄関から声をかけた。

返事があると期待しているわけではなかったが、声をかけた後、数秒間はいつも動きを止めて耳を澄ます。

しかし、やはり返事はなかった。

それでも台所を覗いて、使った茶碗やはしが流しに置いてあるのを見るとホッとする。

亜紀は狭い廊下に出て、

「ね、広《ひろ》ちゃん。——お弁当買って来たわよ。お腹空いたでしょ。ごめんね」

と呼びかけた。

そのドアは、亜紀の前に、まるで鉄条網のように立ちはだかっている。

「広ちゃん。——あっちで食べない？　熱いお茶もあるし。ね、そうしよう」

少し間があって、ドア越しに、

「そこに置いとけよ」

という声がした。「お茶も一緒に」

「中で食べるの？　狭いでしょ、机の上じゃ」

「そこに置けって言ってるだろ！」

苛々した声が亜紀の胸を貫く。

「分ったわ。——焼鳥弁当よ。それでいいのね？　サラダも別に買ったから、一緒に置いとくね」

亜紀は、手にさげたビニール袋から、自分の分の弁当を出し、袋ごとドアの前に置いた。

「まだ今なら少し温いわよ」

と、亜紀は言った。

「分ったよ！」

ピッピッと電子音が聞こえて来る。

パソコンでゲームでもしているのか、それとも誰かとメールやチャットで「会話」しているのか。

亜紀は台所へ行くと、熱いお茶をいれ、それを小型のポットに入れて、ドアの前に持って行った。

「お茶、置くわよ」

もう返事はなかった。

――亜紀は一旦寝室へ行って着替えた。

いつも使っているのとは別の、もう一つのケータイを取り出して電源を入れる。

あのドアの向うから、かかって来ることがあるのだ。

できることなら、このケータイをいつも持ち歩いて、広紀《ひろき》が話したいと思ったときに相手をしてやりたい。

しかし――亜紀は教師である。授業中にケータイが鳴っても、出るわけにいかない。

それならいっそ、持って行かない方がいい。

「広紀……」

と、亜紀は呟いた。

――広紀は、八つ違いの弟である。今、二十四歳。

大学受験を機に東京へ出て来た。姉と弟の暮しは楽しかった。

しかし――大学の二年生になったとき、広紀は恋をして、振られた。それだけが原因ではなかったろうが、以来、広紀は大学へ行かなくなった。

理由を訊いても、決して言わない。

そして、初めの内、大学へ行かないだけだった広紀は、やがて家から一歩も出なくなり、そして今では自分の部屋に閉じこもって、姉の前にもめったに姿を現わさない。

風呂は、亜紀が寝てしまった夜中に入っている。

食事は、売っている弁当やピザ。――体に悪いと思って、亜紀が料理しても食べようとしない。

たまに見かけても、広紀はこの数年でずいぶん太った。それも不健康な太り方で、まるでもう、くたびれた中年という感じだ。

どうしたらいいか、教師の身でありながら、亜紀には分らない。そして教師として、日々はあまりに忙しく、早く帰宅して弟とゆっくり話すこともできない。

――亜紀は、台所で一人、自分のお弁当を食べた。

食べている内、いつの間にか泣いている自分に気付く。――一番身近なはずの弟すら救えない自分に、教育などということができるのだろうか？

しかし、そう疑問を抱きながら、二人の生活を支えているのは、亜紀の教師としての給料である。

すでに両親は亡く、亜紀と広紀は誰の助けも受けられないのだ。

何があっても、辞めるわけにはいかない。その覚悟での教師生活だが、そこへ宮本怜の事件である。

しかし一方で、担任として、責任は感じる。

しかし一方で、「どうして私のクラスで？」とも思ってしまう。

今のところ、学校側も亜紀が責任を取って辞めるべきだとは言っていない。

河村布子が何かにつけ、亜紀をかばって、弁護してくれている。それがなければ、亜紀の立場も、いつどうなっていたか……。

ケータイが鳴った。急いで出る。

「広ちゃん、どうしたの？」

「今日の弁当、味が濃かった」

と、広紀が言った。

「そうだった？　ごめんね」

「喉が渇くし、口の中が辛いんだ。何か甘い物、ない？」

「甘い物ね……。今日は買う暇がなくて」

「買って来て」

「分ったわ。この時間だと――コンビニくらいしかないけど」

「それでいいよ」

「分った。すぐ買って来るね」

亜紀は、弁当を食べかけで立つと、財布を手に、急いでコンビニへと向った。

――これでいいとは思わない。何でも広紀の言うことを聞き、言われるままにするのは本人のためにもならないだろうとも思う。

しかし、亜紀も疲れていた。

くたびれ切って帰って、広紀のことに面と向って立ち向うことができなかった。

「また、明日でいい……。今日はとりあえず言うことを聞いておこう……」

亜紀は、毎晩つい、自分にそう言い聞かせているのだった……。

コンビニへ入ると、亜紀は甘いケーキやプリンの並ぶ棚へと足を向けた。

10 仮面の下

「〈旦那〉。新製品のビールです」

と、縄張りの住人の一人が、缶ビールを半ダース、〈旦那〉のテントに届けて来た。

「こりゃ結構だな。どこで手に入れたんだ？　こんな物、その辺にゃ捨ててないだろう」

と、〈旦那〉は言った。

「ちょっと昔の知り合いがこのビール会社におりまして」

「そうか。じゃ、遠慮なくもらっておくぞ」

「どうぞどうぞ」

――ケイ子が、入れ違いにやって来た。

「ビールだ。冷えてないと旨くないがな」

と、〈旦那〉が言った。

「どこかで冷やして来ましょうか」

と、ケイ子は言った。

「ああ、頼むよ」

ケイ子は、ちょっと周囲へ目をやった。

公園の中では、一番日当りも良く、冷たい風の来ない場所である。

「――本当に夕方までに出て行きますか」

と、ケイ子が言った。

「何のことだ？」

「あの〈先生〉ですよ、例の女の子と一緒にいる」

「ああ……」

〈旦那〉は肯いて、「まあ――そう急がせることもないだろう」

ケイ子は戸惑って、

「でも……」

と、眉をひそめた。

「ここは、いわば〈逃げ場〉だ。どんな人間にとってもな」

「それは分りますけど……」

「あの〈先生〉は、あの子がやってないと言ってるんだろ？　たぶん正しいんじゃないか、その言い分は」

「でも、警察はあの子を手配して捜してるんですよ」

「分ってる。だが、あんな所に隠れてるとは思うまいよ」

「もし知れたら……。分っててあの子を匿《かく》まっていたとなったら、犯罪ですよ」

と、ケイ子は言った。「ここにいるみんなが迷惑をこうむります」

〈旦那〉は少し苛立った声で、

「俺が、そんなことぐらい考えなかったと思うのか！」

と叱りつけるように言った。

「いえ……。すみません」

ケイ子は急いで言った。「私はただ心配で――」

「心配なら俺がする。お前は、あの女の子のことを通報しそうな奴がいたら止めるんだ。――何日ものことじゃない。今日出て行かなくても、二、三日すりゃ行くさ」

「はい」

「分ったら、後は俺に任せろ」

「すみませんでした……」

ケイ子は詫びてから、〈旦那〉のテントを出た。

少し公園の中を歩くと、ちょうど誠一郎がやって来るのと会った。

「やあ。〈旦那〉の所に？」

「ええ、今までね」

と、ケイ子は足を止めて、「あの女の子のこと、無理なら今日でなくても、って話だったよ」

「そうか。良かった。——今日はちょっと人に会わなきゃならないんで、今夜出るのは無理かもしれない、と言おうと思ったんだ」

と、誠一郎は言った。「しかし、明日には間違いなく出る。心配しないでくれ」

「分ってるわ」

「君の心配はよく分るよ。僕も、少しでも危険だと思えば、ここにはいない。信じてくれ」

「分ってるわ」

と、ケイ子は肯いた。

「それじゃ……」

誠一郎は軽く会釈して、立ち去った。

——ケイ子はその後ろ姿を見送って、ふと思った。

あの人は、「普通の暮し」に戻ろうとしている。あの歩き方は、「約束の時間」という社会の決りに間に合せようとしている。

それは、いわば「社会の時計」を捨てたここでの生活とは相容れないものだ。

もともと、誠一郎がここで暮し始めた事情は、ケイ子も知らない。

ここでは誰も、そんなことを訊かない。

しかし、誠一郎には、どこか「外の世界」の匂いがした。ケイ子が誠一郎という人間にひかれたのは、そのせいでもあった。

一方で、「この人は、いずれ帰って行く」という予感も持っていた。

それはたぶん正しかったのだ。

あの少女のせいか？　いや、そうとは言えなくても、少女が偶然ここに現われたことが、誠一郎の「教師としての意識」を刺激したのは間違いない。

ケイ子は、誠一郎がいなくなる、と考えただけで、胸が痛むのを覚えた。

もう「女」などとっくに捨てたつもりだったのに……。

ケイ子はしばらく立ちすくんで動かなかった……。


「先生」

と、下坂亜矢子は言った。「これから一時間、黙って私の言う通りにして下さい」

川上誠一郎は当惑しながら、

「言われた通りにしてるじゃないか」

と、精一杯言い返した。

タクシーを降りると、下坂亜矢子はホテルのロビーへ誠一郎を引張り込んだ。

部屋を予約してあったらしい。

亜矢子はルームキーをフロントで受け取ると、誠一郎をエレベーターへと押しやった。

「――泊れないよ」

と、誠一郎はエレベーターの中で言った。

「分ってます」

としか、亜矢子は言わない。

部屋は広いツインタイプだった。

「さあ」

亜矢子は、先に部屋に入れてあったスーツケースを床の上で開いた。「お風呂へ入って下さい!」

「風呂?」

「一緒に入るなんて言いません。この中に、下着もシャツもズボンも、全部入っています。ゆっくりお風呂に入って、垢《あか》を落とされたら、これに着替えて下さい」

「しかし――」

「私の言うことを聞いて下さい!」

亜矢子の言葉は厳しかった。

「分ったよ……」

誠一郎はブツブツ言いながら、「君、僕と話をしに来たんじゃなかったのか?」

「お風呂に入ってからです」

と、亜矢子は取り合わず、誠一郎が服を脱ぎ始めると、「私、一時間したら戻って来ます。脱いだものは、部屋のランドリー用の袋に入れておいて下さい」

と言って、部屋を出て行った。

「やれやれ……」

誠一郎は、下着だけになるとバスルームへ入って行った。

広いタイプの部屋なので、バスルームも広く、バスタブは二、三人入っても充分なくらい大きい。

お湯をたっぷりと入れながら、誠一郎は熱いお湯に浸る快感を思い出していた。

そうだ。——俺は風呂好きで、それも長風呂だった。

どうして忘れていたんだろう……。

思い出すと、たまらなくなって、誠一郎はまだお湯がバスタブに半分しか入っていないのに、裸になって飛び込んでしまった……。

そして……。

誠一郎が、やっとお湯から上って、かけてあるバスローブをつかみ、それをはおってバスルームを出たのは、一時間半もたってからのことだった。

「生きてたんですね」

亜矢子がベッドに腰をおろして、腕組みしていた。

「のぼせた……」

誠一郎はヨロヨロと歩いて来ると、「寝かせてくれ……」

と、ベッドへ倒れ込んだ。

そのまま眠って——どれくらいたったか。

誠一郎は目を開けて、自分が広いベッドに寝ていることに気付いた。

「俺は……どうしたんだ？」

「眠っていたんですよ」

耳もとで声がして、びっくりして振り向くと、下坂亜矢子がベッドの中にいる。

「君……何してるんだ？」

「もうつべこべ言わないで！」

亜矢子は誠一郎の上に覆いかぶさって、「ずっとこうしたかったの！」

と、唇で誠一郎の唇をふさいだ……。


どうしたんだろう……。

怜は、公園のベンチに腰かけて、人影が見える度、じっと目をこらした。

「違う……」

おじさんはどこへ行ったんだろう。

――もう夜の十時近かった。

夕方には帰る、と言って出かけて行った誠一郎だったが、何かあったのだろうか？

まさか――交通事故？

つい、そんな心配をしてしまう怜だった。

ふと、視線を感じて振り向く。

「何してるの？」

ケイ子がやって来て、ベンチに座った。

「おじさんが遅いんで……」

「そうね。何か用があるみたいだったから、それが長引いてるのよ。――お腹空いてたら、おにぎりがあるけど、食べる？」

「いえ、お腹は空いてません。ありがとう」

怜はそう言って、公園の入口の方へと目をやる。

少しして、ケイ子が言った。

「あの人はもう戻って来ないかもしれないわよ」

「え？　――どうして？」

「ここにいる人たちは、みんな色々な理由で世間から身を隠したいのさ。分る？」

「はい」

「その点は、あの人も同じ。だから、新聞やＴＶで騒がれてるような子と一緒にいると、自分も迷惑するんだよ」

ケイ子は週刊誌からちぎったグラビアページをポケットから取り出し、広げて見せた。

怜は自分の顔をぼんやりと見下ろした。

「――これ、あんただよね」

「そうみたい……。でも、どうして？　私、お父さんを殺してなんかいません」

「でもね、警察はあんたを捜してるの。もしやっていないんだったら、お巡りさんの所に行って、そう言うといいわよ」

怜は、どう考えていいか分らない様子で立ち上ると、

「あの……おじさんと相談してみます」

と、口ごもりながら言った。

「ね、よく聞いて」

「私、戻ってます！」

と、怜は小走りに駆けて行った。

ケイ子が声をかける間もなかった。

足音がして、

「〈先生〉はいないのか」

〈旦那〉が立っていた。

「どうしたんです?」

と、ケイ子は訊いた。

「なあに、お前の気持は分ってる」

「何のことですか」

「あの〈先生〉に惚れてる。――そうだろ?」

ケイ子は目をそらして、

「そんな色気はもうありません」

と言った。

「無理するな。四十五、六といえば、まだまだ女盛りだ」

「〈旦那〉……」

「どうだ。ちょっと手伝わないか」

「何のことです?」

「お互いのためになることだ」

〈旦那〉は笑みを浮かべて、「あの娘を、これから訪問しようとおもうんだがな」

と言った。

11　悲鳴

「安心しました」

　と、下坂亜矢子は言った。

「――安心？」

　川上誠一郎は息を切らしつつ、「こっちは心臓がもつか、心配だったよ」

「それだけお元気なら」

　と、亜矢子は広いベッドの中で伸びをして、「本当言うと、もうだめかしら、って思ってたんです」

「おい……」

　誠一郎は苦笑して、「だめだったら、部屋から放り出すつもりだったのか？」

「まさか」

　と笑って、亜矢子は体を起し、誠一郎にキスすると、「私の部屋へ連れて帰るつもりでした」

「下坂君……」

「亜矢子と呼んで下さいな」

「亜矢子。――どうしてこんなことを？」

「好きだから、じゃいけませんか？」

「しかし、僕は今さら学園に戻れない」

「それは私もお勧めしません」

「そうか？」

「私はただの秘書だから良かったですけど、先生方は大変です。三崎先生が今は実権を握っていて、他の先生方は三崎先生の覚えめでたくなろうとする……。見てるのも辛いです」

「だろうな。――僕が戻っても、信代は喜ぶまい」

「広田って、興信所の男に、先生を追わせてます。いずれ見付けますよ」

「そうか」

亜矢子は掛け布団を引張り上げて胸を覆うと、

「今、どこに住んでらっしゃるんです？」

「公園でホームレスをやってる」

「どこの公園？」

「それは……」

「言いにくければいいです。お帰りのとき、ついて行きます」

「おい……。しかし、明日にはそこを出なきゃならないんだ」

「何か問題でもあったんですか？」

「ちょっと迷子の子羊がやって来てね。放っておけなかった」

それを聞いて、亜矢子は笑い出した。

誠一郎は、こんなにカラッと明るく亜矢子が笑うのを初めて聞いた。

「——何かおかしいか？」

「言い方が、以前の先生と全く同じで」

「そうか」

誠一郎も、ちょっと笑って、「教師根性が抜けないのかな」

「その子羊って、どんな子なんです？」

「女の子だ。今、中学生かな」

「家出少女ですか？」

「まあ、そんなところだが……。もう少し厄介なことを抱えている」

亜矢子は少し体を起して、

「先生。——何かありそうですね。話して下さい」

と言った。

「いや……。君は知らない方がいい」

亜矢子は少しの間黙っていたが、

「私を信じて下さらないんですね」

と言うなり、枕に顔を伏せ、ワッと声を上げて泣き出した。

これには誠一郎もびっくりして、焦った。

「おい、泣くな！――信じてないわけじゃないよ。分った。話すから泣かないでくれ」

亜矢子は顔を上げ、

「本当ですね」

「ああ」

「じゃ、聞かせて下さい」

涙を拭いて、ケロッとしている亜矢子を見て、誠一郎は半ば唖然としながら、怜のことを話してやった。

「あの週刊誌に載った子ですか？」

「うん。しかし、あの子はやっていない。僕には分るんだ」

亜矢子は、さすがに少し考え込んでいたが、

「――危険です」

と、口を開いた。「先生が罪に問われますよ」

「構やしない」

と、誠一郎は言った。「生徒を守って罪に問われるのなら、教師として本望さ」

亜矢子はため息をついて、

「本当に、いつまでたっても浮世離れしてらっしゃるんですね」

と言った。「先生は良くても、私は困ります」

「しかし、他にどうするといって——」

「その子は私が預かります」

「君が？　しかし——」

「少なくとも、こんな魅力的な男と、同じ段ボールハウスで寝てるより安全です」

「僕は何も……」

「分っていますけど、世間の目は違います」

「だが、今度は君がまずいことになる」

「その子と私は全く接点がないんですから、大丈夫ですよ。私は一人暮しですし、姪が遊びに来たとでも言っておけば、近所の人も、おかしいとは思いません」

亜矢子はさっさとそう決めると、ベッドから出て、

「軽くシャワーを浴びて、仕度します。その子の所へ連れてって下さい」

と言うと、バスルームへ入って行った。

誠一郎は言葉もなく、亜矢子の後ろ姿を見ていたが、

「――やっぱり女の世の中だな」

と、ため息と共に呟いたのだった。


「今晩は。ご苦労様で」

と、〈旦那〉は言った。

「何か変ったことは？」

と、パトロールの警官が訊く。

「いえ、何も」

「具合の悪いのはいないか？　救急車を呼ぶ騒ぎになる前に知らせてくれよ」

「はあ、承知しております」

「そろそろ寒くなるな」

と言うと、警官はブラブラと公園の中を歩いて行った。

〈旦那〉は警官の後ろ姿に、ちょっと舌を出すと、「公務員はいいご身分だな」

「――やっと、だな」

と呟いた。

足音がした。

「ケイ子か？」

「ええ」

街灯の明りの中に、ケイ子が現われる。

「今、パトロールが行った」

「見てました」

「もう、ここを通る奴もいないだろう。——奴は戻ってないんだろ？」

「まだのようです」

「よし。じゃ、あの子を訪問するとしよう」

〈旦那〉が先に立ち、ケイ子は重苦しい足取りで、その後をついて行った。

「——〈旦那〉」

「何だ」

「まだ子供ですよ。相手にしたって……」

「いやなら来なくていい。俺一人だって充分だ」

「そうじゃありませんけど」

「じゃ、余計なことを言わずについて来い」

——二人が、あの段ボールハウスへ近付くと、足音を聞きつけたのか、怜がパッと飛び出して来た。

「あ……」

「やあ、今晩は」

〈旦那〉はニヤリと笑った。「一人じゃ心細いかと思って、見に来てやった」

「平気です」

と、怜は固い表情で言った。

「なあ」

と、〈旦那〉は怜の肩に手をかけて、「話したいことがあるんだ。君も人に知られたくないことがあるだろ？　君がここで暮すつもりなら、色々話し合っておかないと」

「それはおじさんが――」

「心配いらない。このケイ子も一緒だ。――な？　外で立ってても仕方ない。中で話そうじゃないか」

〈旦那〉の両手はしっかりと怜の両肩をつかんで、段ボールハウスの中へと押しやった。

「ケイ子さん……」

「心配いらないわ」

ケイ子は中へ入ると、毛布の上に腰をおろし、怜をすぐそばに座らせた。

「お互い仲間だ。なあ、仲良くしようじゃないか」

と、〈旦那〉は言った。「若いのに大したもんだ。親父さんを殺したって？」

「私じゃありません」

と、怜は言った。

「それならどうして逃げてるんだ？」

怜は答えなかった。

「なあ、黙っててほしきゃ、ちゃんとそれなりの礼をするもんだ。それが世の中ってものだぜ」

〈旦那〉が肯いて見せると、ケイ子は怜を背後からギュッと抱きしめた。

「ケイ子さん――」

「おとなしくしな」

と、〈旦那〉は怜の首をぐいとつかむと、「お前なんか、その辺の川へでも放り込んでもいいんだ。誰も気にしやしない。溺《おぼ》れて死にたいか？」

怜は真青になって、言葉も出なかった。

「おとなしく、逆らわなきゃいいんだ。分ったか？」

〈旦那〉が平手で怜の頰を打った。痛みよりもショックで怜は動くこともできず、震えている。

「しっかり押えてろ」

〈旦那〉が怜のスカートをたくし上げると、下着に手をかけて引きずり下ろした。そして両足を割って押し広げた。すると——。

「何だ！」

〈旦那〉はえり首をつかまれ、後ろへ引張られて、段ボールハウスから転がり出た。

「何をするんだ！」

起き上ると、誠一郎の険しい目が見下ろしていた。

「——もうちっとゆっくりして来りゃいいのに」

と、〈旦那〉は立ち上った。

「恥を知れ！」

と、誠一郎は言った。

「おい、〈先生〉。あんまり強気に出るなよ。俺が警察へひと言話しゃ、あんただって刑務所だ」

と、〈旦那〉が言うと、

「失礼」

と、その肩を叩いたのは、下坂亜矢子だった。

「何だ？」

と、振り返った〈旦那〉の顎を、亜矢子の拳が一撃した。

〈旦那〉は大の字になってのびてしまった。

亜矢子は手を振って、

「ダイエットにボクシング、やってたんで」

と言った。

「おじさん！」

怜が飛び出して来て、誠一郎に抱きついた。

「もう大丈夫だ。――すまなかったね。君を一人で置いて。泣かなくていい。もう一人にしないよ」

誠一郎の腕の中で、怜は震えていた。

ケイ子が出て来た。

「――帰っちゃ来ないと思ったよ」

「ひどいじゃないか。この子が君に何をした？」

「この子は、危険なんだよ」

「だからって、こんなことが……」

「こうすりゃ、一人で出て行くと思ってね。――あんたのためだと思った」

「行ってくれ。僕はすぐにここを出る」

「私はただ――」

「向うへ行け！」

誠一郎の怒りをこめた言葉に、ケイ子は目を伏せると、引きずるような足取りで立ち去った。

「——よし、ここを出て行こう」

と、誠一郎は、怜の涙に濡れた顔を両手でやさしく挟んだ。

「どうぞ」

亜矢子がハンカチを誠一郎へ渡す。

「ありがとう」

誠一郎はそのハンカチで怜の顔を拭いてやった。

「先生。——こうなったら仕方ないですね」

と、亜矢子は言った。「お二人で私の所へいらしていただくしかありませんね。狭いのは辛抱していただいて」

「ああ、これは下坂亜矢子君といって、信用して大丈夫。僕の友だちだ」

「さあ。早いとこ、必要な物だけ持って」

と、亜矢子が促した。「今の女が警察へ知らせてるかもしれません」

「待って」

怜が段ボールハウスの中へ入って、入口を閉めた。

「——しかし、どうするんだ?」

「子持ちの男と同棲することになった、とでも言っときますわ、ご近所には」

と、亜矢子は言った。「先のことはまた考えましょう。今はここを出ることです」

「そうだな」

と、誠一郎は肯いた。

亜矢子の歯切れのいい口調は、何となく人を安心させる、と誠一郎は思った。

もちろん、これからどうなるか、見当もつかないが……。

「——行きましょう!」

と、怜が出て来て言った。

無理しているのだろうが、笑顔は明るかった。

「よし。僕も五分で仕度する」

と、誠一郎は言って、段ボールハウスの中へと潜り込んだ。

怜はコートをはおった。

淡いピンク。桜色のコートだ。

「可愛いコートね」

と、亜矢子が言った。

「ありがとう。——助けてくれて」

「良かったわ、間に合って」

「亜矢子さんは……おじさんの恋人？」

と、怜に訊かれて、亜矢子は一瞬詰った。

「――どう見える？」

と、問い返すのがやっとだったのである……。

12　ふしぎな絆

「あんまり食べ過ぎないで」

と、栗崎英子が言った。

「お料理はあと一皿」

「え？　もったいないよ！」

と、果林は口を尖《とが》らして言ったが、

「これから、一番太りやすい時期なの。用心しないと」

大先輩の忠告には、「天才子役」も素直である。

果林は皿をアッという間に空にしてしまうと、

「あと一皿ね！」

と、席を立って行った。

「サラダを半分ね！」

と、英子が声をかける。

爽香は果林を眺めて、

「楽しそうですね」

と言った。

ホテルでのバイキング料理。――自分で好きなものを好きなだけ取って来て食べるという経験は、九歳の果林には珍しく、楽しいのだ。

それでも、他の客はみんな果林を見て、すぐに「スター」だと気付いている。

小さな体は、人目をひきつける雰囲気を持っていた。

爽香と栗崎英子、それに果林。

三人は個室に入っていた。人目があると、落ちついて食べられない。

「――やあ、お待たせして」

麻生がやって来た。「車を入れるのに手間取って」

「果林ちゃん、今取りに行ってるわ。あなたも行ってらっしゃい」

「チーフも、皿が空ですよ」

「私はのんびり食べるわ」

明男も遅れて来ることになっているのだ。

「じゃ、失礼して」

麻生が料理の並ぶテーブルへと向った。

「栗崎様。何か持って来ましょうか」

と、爽香は言った。

「自分で行くわよ」

「失礼しました」

英子は笑って、

「正直、重いと手が震えるの。スープを取って来てくれる?」

「はい!」

爽香は立って個室を出た。

果林が皿に山ほど好物を積んで戻って来るのとすれ違った。

——果林はもう子役としての評価が定着して、TVの仕事は途切れることなく来るが、英子は、

「舞台をやらせる時期よ」

と言っている。

ただ、果林の所属する事務所としては、舞台は拘束期間が長い割にギャラは安いので、喜ばないのである。

英子は一度倒れてから、仕事を減らしていたが、それでも七十六歳の女優としては充分に働いている。その美しさも変らなかった。

——爽香がスープをカップに入れていると、

「やってるな」

「明男。――奥の個室よ」

「分った。鞄《かばん》を置いて来る」

「うん」

爽香は、スープを片手に、他に何かないかと料理を見渡した。

「――テリーヌが旨いぞ」

と、耳もとで声がした。

振り向いた爽香はハッと息を呑んだ。

「偶然だな」

と、中川は言った。

「どうも……」

爽香は目をそらして、「本当に偶然ですか？」

「いちいちお前がどこで飯を食ってるか、調べてられるほど、俺は暇じゃない」

「それなら……」

「亭主も元気そうだな」

「おかげさまで」

「心配するな。今日は仕事抜きだ」

と、中川は言った。

「こんな所へ来るんですね」

「殺し屋がバイキング食っちゃいけないのか？」

「そうじゃありません」

と、爽香はあわてて言った。「ただ――お一人でバイキングって、珍しいでしょ」

「誰が一人だって言った？　俺だって、たまにゃデートもするぜ」

「失礼しました」

「また会おう」

「はあ……」

爽香は、いつの間にか中川が消えているのに気付いた。ホッと息をつく。

「おい、何が旨い？」

明男がやって来ていた。

「そうね……」

爽香は、個室へ戻るとき、そっと他の席を見渡した。

奥まったテーブルに、中川がいた。

確かに、ずいぶん若い、たぶん二十二、三の女の子と一緒だ。

何だか少しふしぎな気がした。

個室へ戻ると、

「今、ケータイに電話で」

と、麻生が言った。

「私？」

「いえ、果林の事務所からです」

「どうかしたの？」

「外国の映画に出るの」

と、果林が食べながら言った。

「へえ！　どこの？」

「アメリカ映画ですが、スタッフはイギリスで」

と、麻生は言った。「撮影もイギリスで、英語のセリフなんです」

「じゃ、果林ちゃん、英語で憶えるの？」

「うん」

果林は特にプレッシャーなど感じていない様子だった。

「正式に契約したそうです」

と、麻生は言った。

「私はごめんだわ、イギリスじゃ」

と、英子は言った。「呼ばれもしないけどね」

「たまたま、映画のプロモーションで日本に来ていた向うのプロデューサーが、泊ってるホテルのＴＶで果林を見たそうで」

「凄《すご》いじゃない。頑張って！」

と、爽香は言った。

明男も皿を手に戻って来て、しばらくはみんな食事に熱中した。

「――私のケータイ？」

爽香は席を立って、個室から出た。

河村布子からだったので、聞かれない方がいいと思ったのだ。

「――もしもし、先生」

「ごめんなさい。今、外？」

と、布子は言った。

「騒がしくてすみません。外食中で。――少し待って下さい」

爽香は足早にロビーまで出た。

「もしもし、すみません。もう大丈夫です」

「あのね、ついさっき、中島亜紀先生から電話で」

「何か分ったんですか？」

「宮本怜ちゃんから電話があった、って」

「本当ですか！　良かったですね」

爽香はソファに腰をおろした。

「ねえ。自殺したんじゃないかと心配してたから。ともかくホッとしたわ」

「元気だったんですね」

「ええ。週刊誌のことも知ってて、お父さんを殺してない、と言ったそうよ」

「そうですか。どこにいるかは？」

「それは訊いたけど言わなかった、って。――何でも、親切な人に会って、安心しているらしいわ」

「それだけでも良かったですね」

「中島先生は警察へ知らせなかったって。どう対応されるか分らないし」

「居場所も分らないんじゃ」

「ええ。――爽香さん」

「何でしょう？」

「いつも、あなたにばかり迷惑かけるけど」

と、布子が口ごもる。

「慣れてます」

と、爽香は言った。「何か私でお役に立つんですか？」

「実は……。怜ちゃんを助けてくれてる女の人が電話を替って、話したらしいんだけど」

「それで？」

「中島先生のように、直接関係ある人じゃない誰かとなら、会ってもいい、と言ったらしいの」

「分りました」

と、爽香は肯いて、「それなら私が。——でも、全く関係ないわけじゃありませんけどね」

「でも、あなたはこの手のことに慣れてるし……」

「誰のせいですかね」

と、爽香は笑って、「どうすれば？」

「向うから中島先生にもう一度電話して来るって。あなたのケータイ番号を教えていいかしら？」

「どうぞ。あの子のことには、私も責任を感じてます」

「じゃ、よろしく」

「はい。確かに」

と、爽香は言った。

「今夜十一時ころ電話が行くと思うわ」

「待っています」

「ありがとう、爽香さん」

「いいえ」

爽香は却ってホッとしていた。

自分の手の届かないところで事態が進んで行くよりは、少々面倒に巻き込まれても、自分で係った方がいい。

戻ろうと立ち上ると、

「相変らず忙しそうだな」

いつの間にか、中川がすぐ近くに座っていた。

「びっくりさせないで下さい」

「例の父親殺しの中学生のことか」

「どうしてそれを？」

「色々情報が入って来るのさ」

「あの子はやっていません」

「だろうな。――しかし、お前が係る以上、本当の犯人にとっちゃ、お前は邪魔者だ。用心しろよ」

正直、爽香はそんなことを考えもしなかった。

「私が狙われると？」

「その女の子がやったことにしておきたいはずだからな、犯人は」

「——思ってもみませんでした」

「それがお前の無鉄砲なところだ。他の人間もみんな自分と同じように誠実だと思ってる。気を付けないと命取りになるぞ」

「ご心配いただいて」

「亭主を泣かせるな」

と、中川は言った。「じゃ、俺はもう帰るよ。またな」

中川が立ち上ると、化粧室へ行っていたらしい連れの女性がやって来て、二人してエレベーターの方へと消える。

「あの人、誰？」

と、その女性が中川へ訊いているのが、爽香の耳に入った。

「——変な人」

と、爽香は呟いた。

人殺しを仕事にする中川が、なぜ爽香の身を心配してくれるのか、さっぱり分らなかった。

「亭主を泣かせるな、か……」

そう。充分用心しましょ。

本当に宮本を殺したのは誰なのか？

爽香は探偵役までつとめる気はなかったが、怜への疑いを晴らすには、本当の犯人を見付けるしかないかもしれないと思った。

——明男に言えば、きっと反対するだろう。

でも仕方ない。こういう性格に生れついているのだから。

爽香は個室へ戻った。

「——あ、新しい皿ね。私も取って来よう」

爽香は明男と一緒に料理のテーブルへと向った。

「誰からだった？」

「布子先生」

「そうか。何か特別の用事で？」

「そうじゃないわ」

今、そんな話はしたくない。「ローストビーフ、食べる！」

と、爽香は足を早めた。

13 盗み聞き

「ちょっと……」

校舎の玄関口で、その男は困った様子で立っていた。そして、通りがかったブレザー姿の女子高生に、おずおずと声をかけたのである。

「はい」

と、足を止めて、その女子高生は言った。

「受付に誰もいないんだが……」

女子高生はチラッと壁の時計へ目をやって、

「午後五時で受付は閉るんです」

と言った。

「午後五時。——そうか」

男は腕時計を見て、「五分過ぎてる」

「ご用でしたら……」

「ありがとう。園長の川上先生にお目にかかりたいんだがね」

「園長先生ですか？」

「川上——信代先生だ」

「ああ。分りました。お知らせします。失礼ですが、どちら様でしょう？」

「広田というんだ」

「どちらの広田様ですか？」

「広田と言ってもらえば分る」

「かしこまりました。少々お待ち下さい」

女子高生は廊下を足早に消えた。

広田はコートを脱ぐと、

「しっかりしたもんだ」

と、感心したように呟いた。

女子高生はじきに戻って来ると、

「どうぞお上り下さい」

と、スリッパを出して置いた。

広田は、

「ありがとう」

と肯いて、靴を脱いだ。

女子高生は廊下を先に立って歩いて行くと、〈応接室〉のドアを開け、

「こちらでお待ち下さい」

「どうも。――悪かったね」

「いいえ」

広田は、少し古びた応接セットの置かれた部屋の中へ入った。

――女子高生は、川上信代がやって来るのを見て、

「ご案内しました」

と言った。

「ありがとう」

と、信代は言った。

「お茶、お淹れしますか?」

「そうね……。じゃ、誰か事務室に残ってるでしょ。頼んでちょうだい」

と言って、信代は〈応接室〉のドアを開けた。

「――いわくありげだ」

と、女子高生は呟いた。

その女子高生は安江香奈だった。

川上信代の様子から、広田という客が学校関係の人間でないことは容易に察しがついた。そもそも広田という男が、どこかうさんくさいと香奈は思っていた。

応接室のドアが閉ると、香奈はちょっと考えていたが、すぐに心を決めて、小走りに廊下を急いだ。

来客用のお茶を淹れて、盆に載せ、応接室へと戻る。

「失礼します」

と、ドアを開けると、信代と広田の会話はパタッと止った。

「お茶をお持ちしました」

「ご苦労様」

と、信代は言った。「事務の人はいなかったの？」

「みんな手が離せないと言われたので」

「そう。ありがとう」

信代はかなり苛々している様子だったが、何とか香奈に笑顔を見せた。

お茶を広田と信代に出して、

「失礼します」

と、一礼して応接室を出る。

香奈は盆を手にしたまま、応接室の隣のドアをそっと開け、中に入った。薄暗い、本棚に埋った小部屋である。

〈資料室〉という手書きの札が外にかかっているのは、そうなってしまったということだろう。

香奈は椅子を換気孔の下へ持って行って、その上に乗った。耳を澄ますと、隣の応接室の話が聞こえて来る。

「――それじゃ、主人が今はどこにいるか、分らないのね？」

と、信代が訊いた。

「ええ。たぶん、公園を移って、そこで暮してらっしゃると……」

「捜して」

「はい」

「必ず見付けてちょうだい」

信代の口調は、「頼む」というより命令だった。「もちろん、それだけのお礼はします」

「全力を尽くします」

と、広田が答えて、しばらく話が途切れた。

香奈は、もう広田が帰るのかと思った。しかし間を置いて、広田がなぜかあわてた様子で、

「あの……大丈夫ですか？」

と言った。

「もう……情なくて……」

信代は泣いているらしい。「教育者ともあろう者が、公園でホームレスと一緒に暮してるなんて……。これが知れたら、この学校は終りです」

「いや、誰にも分りゃしませんよ」

「でも、主人はどうするつもりなのか……」

信代の口調が突然変った。「――広田さん」

「はあ」

やや間があって、

「――いいえ、何でもありません」

と、信代は言った。「ありがとう。ご苦労様でした」

「はあ。あの……」

と、広田が少し遠慮がちに、「調査費の追加を少しお願いできないでしょうか。情報を集めるのに、どうしても現金が一番効果的で……」

「もちろんです。いかほどあれば？」

「まあ……できれば五十万ほど。むろん、余ればお返ししますが」

「お待ち下さい」

信代は応接室を出て行った。

——広田という男、どうやら興信所の人間らしい。

「もしもし」

と、広田の声がした。

一人残って、ケータイでどこかへかけているらしい。

「広田ですが。——どうも。申しわけありません。今日中に三十万、都合つけますので。

——はあ、よく分ってます。今夜の内に必ず。——よろしく」

何だ？　調査費とか言って、どこかの借金を返すのに使うつもりらしい。

「呆れた」

と、香奈が呟くと、

「本当ね」

と、すぐそばで声がして、香奈は仰天した。

危うく椅子から落っこちそうになるのを、素早く支えてくれたのは——。

「あ……。下坂さん？」

「しっ。こっちの声も向うへ聞こえるわよ」

と、下坂亜矢子は小声で言って、「びっくりしたわ、あなたが入って来たんで」

「びっくりしたのはこっちですよ」

と、香奈は言い返した。「どうしてこんな所に……」

「あなたと同じよ。広田が信代さんに何を言うのか聞きたくて」

「下坂さん、秘書でしょ、学園長の」

「仕事は仕事。――安江さんは、信代さんのこと嫌いでしょ？」

「え？」

「あなた、笠木先生のことが好きなんだものね」

「下坂さん――」

「分るわ。笠木先生って誠実で、すてきな人よね」

香奈はつい笑ってしまった。

「待って」

と、下坂亜矢子が言った。「信代さんが戻って来る。一緒に聞かせて」

二人で椅子に乗るのはいささか危っかしかったが、二人ともスマートなので（?）、何とかバランスを取れた。

「――広田さん。これを受け取って」

と、信代の声がした。

「どうも。あの――」

広田が言葉を切って、「これは……」

「黙って受け取って」

「ですが、三百万も……」

「受取はいりません。あなたに払ったという記録もありません」

「――どういう金ですか、これは」

「広田さん」

信代の口調が変っていた。「お願いしたいことがあるの」

「何ですか、改まって」

「主人を見付けてもらうのはもちろんですが、その後に……」

「はあ」

「あなたにやってほしいことがあるの」

換気孔を通して洩れ聞こえて来る声を聞いているだけでも、隣の応接室の異様に張りつめた空気が感じ取れた。

「主人が見付かったら、まず私にだけ知らせて下さい」

「それはもちろん……」

「主人には気付かれないように」

「はあ……」

少し間があって、

「――公園で寝泊りしているホームレスが一人いなくなっても、そう珍しいことじゃないでしょうね」

「それはまあ……。あの世界も色々あって、楽じゃないようですが」

「楽じゃないのはこっちですよ」

と、信代は言った。「もし見付かったとしても、主人に学園へ戻られては困るの」

「とおっしゃると？」

「今さら、『自分が学園長だ』なんて顔をされたら、混乱するわ」

「では、いっそ捜さずに放っておいては？」

「あの人は、いずれぜいたくの味を思い出して帰って来るわ。そうさせたくないの」

「奥さん……」

「学園長です。もう、あの人の妻ではないわ」

「はあ。おっしゃる意味が――」

「あの人を、誰にも知られないように葬って」

――ゾッとするような沈黙。

広田がやっと口をきいたのは、一分以上もたってからのことだった。

「つまり――殺せとおっしゃるんですか？」

さすがに声が上ずっている。「とんでもない！　私はそんなことを仕事にしているわけでは――」

「分ってますとも」

と、信代は遮って、「だからこそお願いしてるの。私は自分のためにこんなことを言ってるんじゃないわ。この学園のため、ここの生徒たちのために言っているの」

「しかし——」

「殺してくれとは言っていません。でも、たとえば寒い夜に泥酔して、道で眠ってしまったら、凍死することがあるでしょう？　その酒を飲ませたからといって殺人とは言われないわ」

再び沈黙があった。

椅子の上で、じっと耳を澄ましていた亜矢子は、

「何てことを……」

と呟いた。

「学園長さん」

と、広田が言った。「どんなやり方でもいいんですね」

「ええ。任せるわ」

「しかし——そうなると話は別ですよ。三百万くらいの金で、捕まりたくはない」

「分っているわ。それは手付け。目的を達したら、一千万は払います」

広田は深く息をついて、

「分りました。ともかく今ここで返事をしろと言われても……」

「それなら、決心がつくまで、そのお金は預かっておきましょう」

信代の言葉に、広田はあわてた。

「いや、何も──やらないとは言ってません」

一旦手にした三百万を取り上げられるのはいやなのだろう。

「じゃ、やっていただけるのね」

曖昧《あいまい》な返事を許さない口調だった。

「いいでしょう」

と、広田は言った。「いい方法がないか、考えてみましょう」

「よろしく」

信代の声は冷ややかだった。「玄関までお送りしましょう」

「恐縮です」

応接室のドアの音がして、二人の足音が資料室の前を過ぎ、遠ざかって行く。

全く足音が聞こえなくなっても、香奈と亜矢子の二人は、しばし椅子の上に立ったまま動けなかった。

「──大丈夫?」

と、亜矢子が言った。「そっと下りましょ。体がこわばってるから、気を付けて」

「はい……」

先に下りた亜矢子が、香奈の手を取って、下りるのを手伝った。

「廊下を見るわ」

亜矢子がそっとドアを開けて廊下を覗く。

「——誰もいないわ」

二人は廊下へ出て、やっと深く息をした。

「下坂さん……。とんでもないもの、聞いちゃったんですね」

と、香奈は言った。

「恐ろしいわ。学園長を抹殺するのが、本当に学園のためになると思い込んでる」

「どうします？　このままじゃ——」

「安江さん」

と、亜矢子は香奈を見て、「あなたは誠一郎先生の味方だと私は見てるんだけど」

「もちろんです」

と、香奈は即座に言った。「三崎先生なんかに好き勝手やらせてるのは、信代さんじゃないですか」

「本当にね」

と、亜矢子は肯いて、「どう？　帰り、ちょっとどこかでお茶しない？」

香奈は、学園長を殺す話を聞いても一向に様子の変らない亜矢子を、初めて見る人のように眺めて、

「おごりですか?」

と訊いたのだった。

14　ためらい

日が落ちるのが、ずいぶん早くなって来た。

明るい照明の下で暮しているわけではないホームレスにとって、暗くなれば一日が終る。

ベンチでウトウトしていたケイ子は、肩を軽く叩かれて目を覚ました。

「風邪引かないのか」

と、隣に座ったのは、興信所の男だった。

「ああ……。あんたか」

「広田だ」

「そう、広田さんだったね」

ケイ子は欠伸《あくび》をして、「——もう暗くなっちまったんだね」

と、息をついた。

「夕飯はまだだろ？　どうだ、一緒に」

断る理由はない。

「コートだけはおるよ」

「ああ、大丈夫だ」

ケイ子は、公園で寝泊りしているとはいえ、小ぎれいにはしている。髪を少しまとめて、コートをはおると、まず目立つことはない。

「――行こう」

と、広田が促した。

二人は、小さな中華の店に入った。

高級店ではないが、ラーメンだけというわけでもなく、

「何でも頼め」

という広田の言葉に、ケイ子は好きな料理を四皿も頼んだ。

「何か役に立ったかい？」

と、スープを飲みながらケイ子は訊いた。

広田が川上誠一郎のことを聞いたのは、ケイ子からだった。

「ああ。――その後、誠一郎のことは？」

「一向に。きっと遠くへ行ってるんだろ」

「そうか」

――ケイ子は、あの誠一郎と一緒に姿を消した少女のことも、〈旦那〉を叩きのめした女

のことも、話していない。

余計なことに巻き込まれたくなかった。

――しかし、ふしぎなもので、〈旦那〉があの女の子を手ごめにしようとして殴られ、のびてしまったことは、ケイ子が話したわけでもないのに、あの公園だけでなく、周辺の仲間内に、アッという間に知れ渡っていた。

今まで、〈旦那〉の偉ぶった態度を面白く思っていなかった者たちにしてみれば、「いい気味だ」と思えたのだろう。

同時に〈旦那〉の威光は地に落ち、いつも〈旦那〉について歩いていた「取り巻き」も、たちまち離れて行った。

そして、〈旦那〉はいつの間にか消えていたのである。いつ、どこへ行ったのか、誰も知らなかったし、心配もしなかった……。

「なあ」

と、広田は言った。「話した通り、川上誠一郎は〈S学園〉って名門私立校の学園長なんだ」

「憶えてるよ」

「今は奥さんの信代さんって人が、事実上の学園長だ。私立だからな、何よりもスキャンダルを恐れてる」

「だろうね。私も女子校だったから分るよ」

「そうか」

「昔の話だね」

と、少し照れたように笑って、ケイ子は運ばれて来た料理をすぐに食べ始めた……。

少し食べるのに専念した後、

「ものは相談だ」

と、広田が言った。

「ホームレスに人生相談かい？」

と、ケイ子は笑った。

「まあ、そんなところだ」

と、広田は微笑んで、チラッと左右を見てから言った。「川上誠一郎を殺してくれと言われた」

ケイ子は食べる手を止めて、広田を見た。

「――冗談やめとくれ」

と、苦笑する。「本当かと思ったよ」

「本当だ。奥さんから頼まれた。手伝う気はあるか」

ケイ子ははしを置いて、

「──私にゃできないよ」

と言った。「ご飯さえ食べさせりゃ、何でもやると思ったのかい?」

「いいや」

広田は首を振って、「そう聞いて安心したよ。俺もそこまでしたくない」

「それじゃ──」

「どうだ。俺と組んで、金儲《かねもう》けしないか」

「何のことだい?」

「誠一郎がホームレスになってたってだけで、あんな名門私立校にとっちゃ大ごとだ。それを週刊誌へ売り込むと言って、ゆするのさ」

「それを私にやれって言うの?」

「俺はあの奥さんに言われた通り、誠一郎を捜す。結局見付からなかったと言っとけばいい。そっちはそっちで、金を出せと脅す」

「そんな真似が……」

「欲を出さなきゃ大丈夫」

と、広田は言った。「一千万くらいなら、あの女は喜んで出すよ」

「私に金が?」

「ないよりはあった方がいいだろ?」

ケイ子はしばらく考えていたが、やがてまた食べ始めて、

「二千万はどう？」

と言った。


爽香はホテルのラウンジへ、息を弾ませて入って来ると、「下坂さんですね」

「どうも」

「杉原爽香です」

と、椅子にかけて、「出る間際に電話がかかって……。すみません」

「いいえ、お仕事をお持ちなんですもの」

と、亜矢子は言った。「怜ちゃんから、河村布子先生のことは聞きました。河村先生が、あなたなら信頼して大丈夫と」

「長いお付合いでして」

と、爽香は言った。「怜ちゃんは元気ですか？」

「ええ」

亜矢子は肯いた。「これからのことについて、ご相談したくて」

亜矢子は名刺を出して、〈S学園〉の学園長をめぐる出来事と、川上誠一郎を見付けて、

宮本怜ともども自分のアパートへ引き取ることになったいきさつを手際よく説明した。

爽香は、話を聞きながら下坂亜矢子に、どこか自分と似通ったものを感じて安心していた。

「——よく分りました」

爽香は肯いて、宮本怜の父親のこと、その死体を発見したときの状況を話した。

「どちらも学校が絡んでいるから大変ですね。生徒第一で考えるのが当然でしょうけど」

と、亜矢子は言った。

「ええ。どっちも私立で、スキャンダルを嫌いますからね」

「警察へ怜ちゃんが出頭したら、どうなるでしょう?」

「まだ十四ですから、大人の犯罪と同じ扱いにはならないでしょうけど……。ただ、怜ちゃんがやったと決めつけられてしまうと、それを引っくり返すのは大変です」

「分ります」

「怜ちゃんがやったんじゃないと思いますが、問題は、それなら誰が宮本さんを殺したのかということです」

「母親は?」

「その可能性もあります。姿を消したままなのが、どうしてなのか……」

「犯人だから逃げているんでしょうか」

「でも、自分の娘が疑われているのに……。何か他の理由があるような気もします」

二人は、カフェ・オ・レを飲みながら、しばらく黙っていた。

それから互いを見た。そのタイミングは、ふしぎなほどぴったりと揃っていた。

「——杉原さん。本当の犯人を捜しましょう」

と、亜矢子が言った。「そうするしかありませんよ」

「私もそう思いますけど……」

と、爽香は言った。「でも、下坂さん、それは危険を伴います。私、どういうわけか、若いころから、いろんな事件に係って来たんです。危うく殺されかかったこともあります。自分の力で犯人を捜す以上、警察には頼れないんです」

「そうですね」

「それを覚悟で？」

「二人ならできそうな気がします」

爽香はつい笑ってしまった。

「何だか似た者同士ですね、私たち」

「昔からの友人みたいな気がして……。失礼ですけど」

「いいえ！」

二人は笑顔で見交《みかわ》した。

「——あ、すみません」

亜矢子はケータイが鳴って、席を立った。「――はい。――はい、先生」

爽香は、席に残ってカフェ・オ・レを飲みながら、あの殺し屋、中川の言葉を思い出していた。

本当の犯人にとっちゃ、お前は邪魔者だ……。

爽香は慣れている。下坂亜矢子を巻き込むことが心配である。

といって、今さら「やめましょう」と言っても……。

少したって、亜矢子が戻って来た。

「すみません。学校へ戻りませんと」

「何かあったんですか？」

爽香は、亜矢子が難しい顔をしているのを見て訊いた。

「ええ……。信代さんからで」

「学園長の奥さんですね」

「信代さんの所へ、脅迫状が」

「まあ。どんな？」

「川上誠一郎がホームレスになっていることを、週刊誌へ売り込む、と言っているそうです」

「お金ですか」

「ええ。――二千万払えと言って来たとか」

「二千万……。出すとお思い？」

「たぶん」

と、亜矢子は肯いて、「学校にとっては、大変なスキャンダルです。信代さんは特にその点には敏感な方で」

「でも、その事実を証明するものがあるんでしょうか？」

「写真があると言ったそうです」

「二千万払って、それで済むかどうか」

「私に、その脅迫状の主と接触しろと言うんです」

「お金を出す前に？」

「ご自分じゃ、何もしない方ですから」

と、亜矢子は苦笑して、「ともかく、一旦学校へ戻ります」

「様子を教えて下さい。それも何かつながりがあるのかも」

「分りました」

亜矢子と爽香は固く握手して、別れた。

――爽香は、何だか心が弾んでいた。

「爽香さん」

と、声をかけられ、振り向く。

「ああ。——どうも」

「偶然ですね」

三宅舞《みやけまい》がニッコリと笑って言った。

15　恐喝

「本当に！　どこまで私たちに迷惑をかける気なの！」

川上信代は苛立ちをぶつけるように言った。

「お腹立ちはごもっともです」

と、下坂亜矢子は穏やかに言った。「でも、こんなときこそ冷静に対処しませんと。この学園のために、そうなさって下さい」

学園のため、のひと言が効いた。

「そうね。——あなたの言うとおりだわ」

と、信代は息をつくと、「主人に怒るのも後にしましょう」

「ご立派です、先生」

亜矢子は我ながら信代を操る自分の巧みさに感心した。

「二千万、どうやって支出しようかしら。いい考えは？」

「待って下さい。ともかく、まず向うが本当に写真を持っているかどうか、確かめることです」

「そうね。もちろんだわ。——私も、気が動転しているんだわね」

信代は椅子にかけると、「脅迫状の差出し人と、何とか会ってみてちょうだい」

「もちろん、おっしゃる通りにいたします。でも、一度払っただけで済むでしょうか？」

「というと？」

「写真は、何枚でもプリントできます。一度買い取れば、また、ということにならないでしょうか」

信代は深刻な表情になって、

「いい方法は？」

と訊いた。

「私にも分りませんが……。警察へ届け出ることは——」

「それはだめ！」

と、飛び上らんばかりに立ち上って、「公になって、主人のことが新聞やＴＶで流れたら——」

「分りました」

と、亜矢子はあわてて言った。「この恐喝犯は、女だとおっしゃいましたね」

「電話で話したのは女だったわ」

「二千万円がいつできるか、返事をしなくては」

「一人とは限りませんね」

と、亜矢子は肯いた。

「明日、もう一度電話して来ると言っていたわ。二千万円がいつできるか、返事をしなくては」

「その電話に、私が替りましょう。うまく、直接会って話せるように持って行ければ……」

「頼むわ」

信代は伸び上って、亜矢子の手を握りしめた。「あなたが頼りよ。私を助けてちょうだい」

「奥様……」

亜矢子は子供をなだめるように信代の手をなでながら、「でも、そんな大金、本当に出せるんですか？」

もちろん信代はS学園の名誉のためなら喜んで出したいだろう。しかし、一方であの広田という男に、夫、川上誠一郎をうまく「始末」してくれたら一千万出すと約束している。

いくらS学園の資産をもってしても、名目のはっきりしない三千万もの支出は容易に秘密にしておけないだろう。

「現金には手をつけられないわ。すぐに会計士が目をつける」

と、信代は難しい顔で、「といって、宝石の類は、急いで処分すれば安く買い叩かれるしね」

でも、そんなに持ってるんですね！

亜矢子はつい言い出しかけて、何とか口をつぐんだ。

「やはり土地ね」

と、信代は言った。「不動産を処分するのが一番目立たない。みんなほとんど知らないけど、地方の土地や山をずいぶん持っているの」

「そうですか」

「でも、即座に現金にするわけにはいかないわ。一旦、どこかで立て替えてもらうしかないわね」

「はあ……」

「脅迫して来た女にも、よく説明してね。私だって、自由になるお金はそうはない、ってことを」

「分りました」

亜矢子は微笑んで、「お任せ下さい。奥様は、もう事実上の学園長でいらっしゃるんですから、学校と生徒のことだけ考えていらして下さい」

「あなたがそう言ってくれると、気持が鎮まるわ。ありがとう」

亜矢子は、学園長室を出ようとして、ふと、

「——先生。私一人では心細いですし、向うが信用しないかもしれません。できれば男の方を一緒に……」

「ああ、そうね。——でも、誰を？」

「三崎先生が適任では？　お忙しいのは承知しておりますが、複雑な事情を分って下さるのは、三崎先生くらいでしょう」

信代は長く迷わなかった。

「いい考えだわ。私から三崎先生に話しておくから」

「お願いします。私もその方が安心です」

と、亜矢子は言った。「では、奥様あての電話を、一旦私に回してもらうようにしておきます」

「お願いするわ」

「三崎先生に、こちらへ伺うよう、お話しします」

亜矢子は学園長室を出て、一瞬かすかな笑みを浮かべると、いつも通りのしっかりした足取りで歩き出した。

特に恋とか愛とか——そんなものじゃなかった。

ただ、男性と二人、向い合って食事をし、その後に何か起るかもしれない、と胸ときめかせる。そんな体験がしてみたかったのである。

「乾杯」

二人はシャンパンのグラスを、かすかに触れ合せた。グラスの中を、細かい泡が駆け上って行く。

中島亜紀は、一気にグラスを空けた。

「いい飲みっぷりですね、なかなか」

彼の名は横井《よこい》といった。姓は横井だが……。名の方は忘れた。名刺はもらったが、どこかへ行ってしまった。

横井も、亜紀と同じく教師である。

別の男女共学の高校の教師で、亜紀は私立校の教師の研修会で、横井と知り合った。

亜紀より二つ年上の三十四歳で独身。——正直、あまり亜紀の好みのタイプではない。

規則や建前にこだわる男で、今夜の食事の場所も、一切亜紀の好みを訊こうとはせずに決めてしまった。

「自分の気に入っている店なら、誰でも喜ぶはずだ」

と思っているらしかった。

それでも、亜紀は久々のデートらしい時間を楽しもうと思っていた。

「この店は、魚介類が旨いんですよ」

と、横井はメニューを見て言った。「どうしますか?」

「お任せしますわ」

と、亜紀は言った。

そう言われるのを喜ぶだろう、と思った。

実際、横井はさっさと二人のメニューを決めてオーダーした。

「今夜は学校の話はやめましょうね」

と、横井は言った。「もちろんM女子学院が今大変だということは分っていますが」

「私が当事者だということも?」

「知っています。行方不明になっている子はあなたの担任のクラスなんですね」

「ええ。胃が痛いです」

と、少し冗談めかして、「でも、あの子がやったんじゃありません」

「ほらほら、今夜はその話はなしですよ」

ワインを注がれると、ひとしきりワインについて講釈が始まった。

正直、ワインに関心のない亜紀にとっては退屈な話だったが……。

「あ、すみません」

亜紀のケータイが鳴り出したのだ。亜紀は立ち上りながらケータイをバッグから取り出していた。

レストランのレジの所まで来て出る。

「もしもし」

「どうしてすぐ出ないんだ」

弟の広紀だった。

「ごめんなさい。でも言ったでしょ。今、お食事中なの。レストランの中だと出られないから――」

「かけていいって言っただろ!」

と、広紀は苛々と言った。

「ええ、ええ。かけて来ていいのよ。ただ、そうすぐには出られないってこと」

「その男の方が、僕より大事なんだ」

「そういうことじゃないわ」

「でなきゃ、すぐ出られるだろ」

「ごめんなさい。すぐ出るようにするわ。でも、あなたもできるだけかけて来ないようにしてね。――広紀?」

通話は切れてしまった。

亜紀は席へ戻って、

「失礼しました」

「いや、ちょうどオードヴルの皿が来ましたよ」

亜紀はオードヴルのテリーヌを、感激しながら食べた。

「おいしいわ」

「ね？　ここの店の名物なんですよ」

横井は得意げだ。

実際、料理はおいしくて、亜紀の疲れた心をそっと包み込んでくれるようだった。

横井の余計なおしゃべりも気にならず、許せる気がした。

ケータイが鳴った。——亜紀は少し迷ったが、出ないわけにいかない。

また店の入口辺りまで行って出たので、

「何やってるんだ！　グズだな！」

と、広紀はいきなり怒った。

「ごめんなさい。ね、夕ご飯は食べたの？」

いつも通り、部屋の外に置いて来た。

「肉が安物だ。筋だらけだよ」

「そう？　いつものお店なのよ」

「ちゃんと見て買えよ！」

「ごめんなさい。気を付けるわ」

「奴はどうしてる？」

「え？」

「相手の男だよ！　今、何してる？」

「ああ……。食事してるわよ、もちろん」

唐突に切れた。

席に戻ると、

「ケータイ、切っておいたら？」

と、横井が言った。「食事中ぐらいは出なくても」

「ええ……」

亜紀は曖昧に微笑んだ。

もちろん、分っている。二人で夕食をとる以上、ケータイの電源を切っておくぐらいのことは礼儀だろう。

しかし、広紀がこのケータイへかけて、つながらないと知ったら……。その後がどうなるか、恐ろしかった。

「そうですね。切っておきます」

亜紀は、ケータイを手に取って、マナーモードのボタンを押した。

少なくとも、ケータイが鳴って、横井の話の邪魔をすることはない。

「笑顔がすてきだ」

と、横井に言われて、亜紀は頬を染めた。

「私なんか、くたびれてますわ」

「疲れてるのはお互いさまですよ」

と、横井は笑って、「疲れてる同士、慰め合ってもいいじゃないですか」

その口調には、どこか言外の意味を感じさせるものがあった。亜紀は自分の考え過ぎだろうか、と思った。

食事が進み、ワインを飲む内に、亜紀は大分酔って来た。普段、めったにアルコールを口にしないので、自分で考えていたよりずっと弱くなっていたのだろう。

「いやだわ。顔がほてって……。赤くなってるでしょ？」

と、自分で頬に手を当てる。

「なってるのが可愛い」

「そんな……。恥ずかしいわ」

と、亜紀は目を伏せた。

「いいじゃないか。酔うくらい飲まなきゃ、飲む意味がない」

「それはそうだけど……」

食後のコーヒーを飲んでも、頭がクラクラするような酔いは一向にさめなかった。

「――出て、飲み直そう」

と、横井が言った。

「だめよ。歩けなくなるわ」

と、亜紀は急いで言った。「それに、あんまり遅くはなれないの」

「もう子供じゃないんだ。外泊くらい——」

「それは無理。ごめんなさい」

亜紀の言葉に、横井は肯いて、

「分った。じゃ、あと二時間、僕にくれるかな」

「二時間？　もう食事は済んだでしょ」

「食事だけで帰るなんて……。お互い大人同士だよ」

「でも……」

「思い切り羽根を伸すんだ。今の君にはそれが必要だよ」

「それは……」

「近くに洒落《しやれ》たホテルがある」

横井は、少し声をひそめて言った。「構わないだろ？」

——亜紀は、体がカッと熱くなるのを感じた。

そう。たまにはこんなことがあっても……。たまには。

亜紀は肯いた。

16　協力

聞いたことがある。

その女の声を電話で耳にしたとたん、下坂亜矢子はそう思った。

声、というより「話し方」に、人の特徴は現われる。

「あんたで話は分るのね」

と、女は言った。

「はい。奥様から任されています」

「で、金は大丈夫だろうね？」

「用意しますが、今は急に多額の現金を引き出すと銀行が警察へ通報したりしますので、時間の余裕をいただきたいんです」

「そんないい加減なこと言って、時間稼ぎしようってのかい」

「いいえ。そちらも最終的にお金が入らないと意味がないでしょう。とりあえず、こうしませんか。私どもとしては、そちらが本当に写真を持っていると分らないと、お金が出せません。写真のプリントを一枚でいいですから、いただけませんか。引き替えに三百万円、手付金としてお渡しします」

「三百万？」

「残りの千七百万は、写真全部とネガをいただいたときに。――いかがですか。三百万なら、明日にでも用意します」

向うは少しの間黙った。こちらの言うことを丸ごと呑むのは心配だが、すぐに三百万手に入るのを逃したくない、と思っているのだろう。

「分ったよ」

と、女は言った。「妙な小細工するんじゃないよ」

「ありがとうございます、お聞き入れ下さって。明日、どこかでお会いできますか？」

「待っとくれ。ともかく金を用意して、連絡を待つんだ。いいね」

「承知しました。お電話、お待ちしています」

まるで仕事のときと同じ口調。――誰かが聞いても、まさか恐喝犯と話しているとは思わないだろう。

しかし、もちろん亜矢子は一人だった。

S学園はもう出ていたが、ケータイに電話が転送されるようにしておいたのだ。

帰り道、空いた喫茶店で時間を潰《つぶ》しているところへかかって来た。

あの話し方……。

「そうだ」

と、思わず呟く。

誠一郎と、あの公園で襲われていた宮本怜を助けたとき、怜を押え付けていた女だ。

誠一郎に怒鳴られて姿を消したが、あの女の口調も声も、今の電話とそっくりだ。

「確か……〈ケイ子〉とかいったわ」

あの女なら、誠一郎の写真を持っていて、金にしようと思ってもふしぎではない。

亜矢子は少し考えていたが、ケータイを手にして、杉原爽香へかけた。


麻生の運転する車の中で、爽香は浅い眠りに入っていた。

取引業者との会食があって、少し酔っていたせいもある。そこへケータイの鳴る音がして、

「出ようか?」

「――え?」

爽香は目を開けると、「あれ? 明男、いつ乗って来たの?」

「さっきだよ。麻生君が連絡くれて、こっちもちょうど帰るところだったから」

「そうだったの? 気が付かなかった」

「眠ってたけど、俺が声かけたら、『あら』って目を開けてたぜ」

「全然憶えてない。――あ、ケータイ、出なきゃ」

爽香は急いでバッグからケータイを取り出した。「もしもし」

「杉原さん。下坂です」

「あ、どうも」

「今、お話できますか」

「ええ。帰りの車の中です。大丈夫」

「実は、学校をゆすって来た女のことですけど」

「連絡、あったんですか？」

「ええ、今しがた。女のことは分りました」

亜矢子の話に爽香は、

「その対応で良かったと思いますよ。でも、その女一人の考えたことでしょうか」

「私も、その点は疑わしいと思います。誰か彼女を操っている人間がいるような気がします」

「そうですね。たぶんその考えは正しいですよ。ともかく、三百万は損するつもりで渡した方が」

「明日、信代さんに話して、現金を作ります」

「その女だけでなく、背後の人間が出て来るように持って行けるといいですね。そのためにも、初めは向うの言うなりにした方が利口です」

「同感です。それで……」

「分りました。私もお力になります。お金を渡す場所と時間が決ったら、知らせて下さい」

「よろしくお願いします」

――爽香は通話を切って、ケータイをバッグへ戻すと……。

明男がじっと爽香をにらんでいる。

「あ……。聞いてた？」

「当り前だ」

「そりゃそうだよね」

「おい、また危いことに首突っ込んでるんだな！」

「ね、ちょっとどこかでお茶しない？」

と、爽香は笑顔で言った……。


中島亜紀は、ベッドの中で手足を伸した。

「私……眠ってた？」

「少しね」

横井はもう仕度をして、ネクタイを締めているところだった。

亜紀はベッドに起き上って、

「あなた、泊って行けばいいのに」

「そうはいかないさ」

「シャワーも使わなかったの?」

亜紀は、バスルームの明りが消えているのを見て言った。

「石けんの匂いなんかさせて帰ったら、女房にすぐばれちまうよ」

亜紀はまじまじと横井を見た。

「——何だい」

横井は亜紀の方を振り向いて、「僕が女房持ちだってこと、知らなかった?」

「——ええ」

「どっちでも、変りないだろ。それに君も楽しんでたようだし。お互い損はしてない」

損得の問題なの? ——そう。この男にとっては、「女と寝られて得をした」というだけのことなのだ。

食事をしているときは、あれほどスマートで洒落て見えた男。ベッドの中でも、逞《たくま》しく、ずっとしがみついていたいと思わせた男が、今はつまらない、平凡な、どこにでもいる薄っぺらな男に見える。

「そうね」

と、亜紀は言った。「損はしてないわね」

「楽しかったよ」

横井は、亜紀の額にちょっと唇をつけると、「じゃ、僕は先に出る」

「ええ」

「良かったら、また会おう。どうだい？」

「いいえ。やっぱり奥さんのある人とは……」

「そうか。じゃ、これで」

横井はさっさと部屋を出て行った。

亜紀はしばらく放心したようにベッドに起き上ったままだったが、

「帰らなきゃ」

と呟くと、ベッドを出た。

バスルームでザッとシャワーを浴び、手早く仕度をする。時計を見ると、このホテルで二時間半ほど過したことになる。

鏡の前で髪を直し、部屋を出た。

エレベーターで一階へ下りながら、ケータイを取り出した。電源は入れたままで、マナーモードにしてバッグへ入れておいた。

広紀はかけて来ているだろうか？　TVゲームにでも熱中していてくれたらいいのだ

が……。

ケータイを見て、亜紀は青ざめた。――〈不在着信〉は二十件にもなっていた。すべて広紀からだ。

亜紀はホテルを出ると、タクシーを捕まえて、家へと急いだ。

明男は、しばらく渋い顔で腕組みしていたが、

「物騒じゃないか、そんなこと」

「用心するわよ」

「杉原爽香は一人しかいないんだぞ。もっと自分を大切にしてくれ」

明男は冷めたコーヒーをガブッと飲み干した。

自宅近くのファミレスで車を降り、麻生には帰ってもらった。

爽香は、少しお腹も空いていたので、カレーを頼んだ。

「全く!」

と、明男はため息をついて、「俺もカレーを食べる!」

妙なところで八つ当り(?)している。

「明日、金を渡すのには、俺が行く」

と、明男は言った。

「明男が行ったら、向うが出て来ないよ」

「そんなことはないさ。――君の身に万一のことでもあったら」

「大丈夫よ」

「いいか。今まで君は色んな事件に係って来た。その関係者や犯人の中にゃ、君を恨んでる奴だって一人や二人じゃない」

「まあね……」

「そういう奴らの罠《わな》じゃないと、どうして分る?」

「まさか！　でも充分用心するわ。本当よ」

「いや、だめだ。俺が一緒に行く」

爽香は苦笑して、

「明男だって一人しかいないんだよ」

と言った。「あ、そういえば、三宅舞さんがよろしくって」

「何だよ、突然」

「バッタリ会ったのよ」

「どうして今、そんな話が出て来るんだ」

「だって、今思い出したんだもの」

「関係ないだろ」

「でも、まあ……思い出したときに話しとかないと忘れちゃう」

明男は笑い出して、

「呑気だな、全く」

と言った。「――さ、カレー、食べよう」

ちょうど二人のカレーが来た。

爽香は早速食べながら、

「心配してくれて嬉しい」

「こっちは嬉しくないぞ」

「たまには心配かけてもいいよ。――舞さんと浮気する？」

明男ににらまれて、爽香はあわててまたカレーを食べ始めた……。

17　無言の叫び

タクシーを降りて、料金を払う手が震えていた。

玄関の鍵を開けるのにも手間取った。中島亜紀は、そっとドアを開けると、

「ただいま……」

と言った。

ちゃんと言ったつもりだったが、かすれた声にしかならなかった。

「広ちゃん……。起きてる？」

と、靴を脱いで上りながら、「ごめんね、電話に出られなくて。――広ちゃん」

横井とひとときを過したホテルを出てからは、広紀からケータイへはかかっていなかった。

諦めて眠ってしまったのだろうか？　そう願いながら、亜紀は広紀が起きていて、姉の帰りを待っているに違いないと思っていた。

家の中は静かで、広紀のパソコンの作動する音も聞こえなかった。

「広ちゃん……」

亜紀は茶の間にバッグを置くと、広紀の部屋の前に立って、耳を澄ました。

「広ちゃん、起きてる？　遅くなってごめんね。久しぶりに会ったお友だちだったんで、つい話し込んじゃって……」

静かだ。――亜紀はやや不安になった。

具合でも悪いのだろうか？　まさか……。

ドアはいつも内側から鍵がかけてある。広紀は亜紀がこのドアを開けることを許さないが、しかし万一……。

「広ちゃん……。開けていい？　どこか具合悪い？」

そっと手を上げてノブをつかむと、回してみた。ドアが開く！

「広ちゃん――」

ドアを開けた。

部屋は明りが点いていて、空っぽだった。埃っぽい匂いがする。それに、いつもここで食べている弁当の匂い。

亜紀は部屋の中へ足を踏み入れた。

そのとき、そっと亜紀の背後に近付いていた広紀の両手が、亜紀の背を強く押した。亜紀はうつ伏せに倒れた。

声を上げる間もなかった。亜紀の脇腹を、広紀の足が思い切りけりつけていた。

亜紀は呻《うめ》いて体を折り曲げた。

広紀が黙って姉をけり続けた。

「やめて……やめて……」

亜紀の言葉は、ほとんど声になっていない。

「ごめんなさい……ごめんなさい……」

広紀は姉をけり、顔や胸を踏みつけた。亜紀はただ必死に身を縮め、頭を抱え込んで耐えていた。

「広ちゃん……許して……」

お腹をけられて、亜紀は息ができなくなった。目の前が暗くなり、痛みがどこか遠くに離れて行くようだった。

ああ……。死ぬのか、と思った。

ホッとすると同時に、「私が死んだら、広ちゃんはどうやって暮して行くんだろう」と心配していた。

そして……。

気を失っていたのだろうか。——気が付くと、仰向けに寝て、暗い天井をぼんやりと眺めている。

脇腹や胸が痛んだが、呼吸はできる。ただ、大きく息を吸うと、胸に鋭い痛みが走った。

誰かが泣いている。──亜紀は自分が泣いているのかと思った。

子供のように声を上げて泣いている。

自分ではなかった。

「広ちゃん……」

広紀が、すぐ傍に座り込んで泣いていた。肩を震わせ──いや、全身を打ち震わせて泣いている。

「どうしたの……」

亜紀は起き上ろうとして、胸の痛みに思わず声を上げた。肋骨にひびでも入ったのだろうか。

「広ちゃん……。泣かないで。大丈夫。大丈夫よ」

やっと起き上ると、亜紀は弟の肩に手をかけた。

「どうしたの？　──何を泣いてるの？」

広紀が、亜紀の膝に顔を埋めた。

「広ちゃん……」

亜紀は、弟が自分のしたことにショックを受けて泣いているのだと分っていた。

「広ちゃん。お姉ちゃんは大丈夫よ。何ともない。だから泣かないで。──ね、広ちゃん」

亜紀が髪を撫《な》でると、広紀はますます声を上げて泣き続け、亜紀のスカートを濡らして行った……。

「君、いつもこんな食事してるのか？」

と、川上誠一郎は言った。「いや、世話になっといて、文句を言うのもどうかと思うが……」

「そうだよ」

と、怜が言った。「私、お弁当大好き」

下坂亜矢子と三人、亜矢子が帰りに買って来たお弁当を食べていた。

「いや、体に悪いと思って……」

と、誠一郎は言いながら、真先に弁当を空にしている。

「いつもこんな風じゃありません」

と、亜矢子は首を振って、「でも——見れば分りますね。台所、ろくに使ってないってこと」

「一人暮しじゃ、仕方ないだろうけどな」

「急に三人になって、大変ね」

と、怜が言った。

「ありがとう。怜ちゃんは優しいわね。川上先生とは違って」

「おい……」

と、誠一郎が苦笑する。

怜が明るく声をたてて笑った。――三人の遅い夕食は、楽しかった。

「全く、君には世話になる」

と、誠一郎はお茶を飲みながら言った。「この子のことは考えなきゃいけないが」

「あら、私、邪魔者？」

と、怜が口を尖らした。「何なら、しばらく外へ出ててもいいけど」

「子供が何言ってるの」

と、亜矢子は笑いをこらえて言った。

誠一郎の方は照れて赤くなっている。

「それはそうと――」

と、誠一郎は咳払いして、「確かにケイ子の声だったのか？」

「間違いないと思います」

「ひどい人！」

怜は憤然として、「あのときだって……」

「もう忘れなさい。ケイ子は〈旦那〉の言うなりになったんだ。無気力になると、逆らうのも面倒になる」

「でも、本当に写真を撮ったんでしょうか」

と、亜矢子が言うと、誠一郎は首をかしげて、

「撮られた記憶はないね。しかし、僕の知らない内に撮っていたのかもしれない」

「誰かがケイ子をそそのかしてると思うんです。話している感じでも、想定外の事態には対処できないようでした」

「そうだろうな」

「もしかして、あの〈旦那〉って人が？」

と、怜が言った。

「いや、たぶん違うだろう。もちろん、金を欲しいとは思ってるだろうが……」

そのとき、亜矢子のケータイが鳴った。

「誰だろう？　――もしもし？」

「下坂君か」

と、偉そうな口調。

亜矢子は送話口をふさいで、誠一郎へ、

「三崎先生です」

と言った。「――三崎先生、わざわざすみません」

「いやいや。奥さんから話は聞いたよ。君も大変だね」

奥さんとは川上信代のことである。

「私、こんなことには慣れていないものですから……」

「そうだろう。分るよ。危険なこともあるかもしれないからな」

「そんな怖いことおっしゃらないで下さい。三崎先生が頼りなんですもの」

と、亜矢子が甘えた声を出す。

「まあ、僕もよくは分らないがね。この年齢になると、色んな人間たちと付合って来てるからな」

「頼りにしてます。ね、三崎先生」

「ああ、任せなさい。それで金のことだが――」

「三百万円を手付けとして明日渡すことになってます」

「そうか。時間や場所は？」

「また向うから連絡が来ることになっています」

「分った。じゃ、連絡があり次第、僕に知らせてくれ」

「分りました。あの……」

「何だね？」

「先生のケータイのメールアドレス、教えていただけますか？　授業中だったりするとお電話できませんし」

「ああ、そうだな」

「今メモ取ります。一度そちらへメールを送りますので」

「うん、君のアドレスも登録しておくよ」

「勝手言ってすみません。あの——これが片付いたら、アドレスは削除しておきますので」

「何を言ってるんだ」

と、三崎は笑って、「何でも相談したいことがあったら、連絡しておいで」

「ありがとうございます。私も安心して相談できる人が身近にいなくて……」

聞いていた誠一郎が自分のことを指さして見せる。それを眺めて、怜が声を出さないで笑い転げていた。

「はい。——はい、確かに」

亜矢子は三崎のアドレスをメモすると、

「じゃ、すぐに。——はい、失礼いたします」

と、通話を切って、「先生！　私、吹き出しそうでしたよ！」

と、誠一郎をにらむ。

「だって、君がいつもその調子で男を引っかけてるのかと思うと……」

「やめて下さい。怜ちゃんの前で」

「亜矢子さんって、面白いなあ」

と、怜はお弁当を食べ終って、「お菓子食べようっと」

「さあ、何てメールを入れようかしら」

と、亜矢子はケータイを見て、「男はだいたいうぬ惚れ屋さんだから」

誠一郎は、かなわないね、といった顔で、お茶をガブッと飲んだ。

18 昼下り

「工事ですね」

と、車を運転している麻生が舌打ちした。

思いがけない所で渋滞になっている。

爽香は腕時計を見て、

「あと二十分ね。約束の時間まで」

と言った。「降りて歩こうか」

「いや、待って下さい。雨になりそうですしね」

麻生がハンドルを切って、細い脇道へ車を入れる。

「抜け道？」

「ちょっと入り組んでますが、大丈夫。以前よく通ったんで」

と、麻生は言った。「ただ――誤解されると困りますけど」

爽香は、すぐに麻生の言っている意味が分った。

クネクネと折れ曲った道の両側は、ズラリと小さなラブホテルが並んでいる。

「通ったことがあるんですか？」

と、訊いてから、

「いや、通っただけですから」

と、麻生が強調するのが、却っておかしかった。

まだ午後三時にならないというのに、そのホテルへと手をつないで入って行く若いカップルもあれば、他人のような顔で出て来る中年の男女もいる。

「昼間から繁盛してるのね」

と、爽香は半ば呆れて、半ば感心しながら言った。

「もう少しで抜けます」

と、麻生が言った。

「待って！」

と、爽香は麻生の肩を叩いた。「車、停めて！」

「はい。——どうかしましたか？」

「今のホテルから出て来たの……」

「ご主人ですか？」

爽香は麻生をにらんで、

「違うわよ！」

「すみません」

「この道、真直ぐ行くのね？　じゃ、広い通りに出た所で待ってて」

「はい。あの……」

麻生が振り向いたとき、もう爽香は車から降りて、今来た道を駆け戻っていた。

――その女性は、ホテルを出てすぐに男と左右へ別れた。

爽香は小走りにその女性に追いつくと、

「宮本さん！」

と呼びかけた。「宮本正美さん！」

ハッと振り向いて逃げ出しそうになったのは、宮本の妻、そして怜の母親だった。

「杉原さん……」

と、呟くように言うと、ぐったりと疲れたように肩を落とした。

「奥さん……。どうしたんですか」

と、爽香は訊いた。「今の男の人は……」

「知らない人です。ただ――お金のために」

パラパラと雨が当った。

「ご一緒に」

と、爽香は促して、「今度は逃げないで下さいね」

訪問先の企業との打合せがすむと、爽香はそのビルの地階に入っているティールームへ下りて行った。

麻生と宮本正美が奥のテーブルについていた。打合せが終るまで、麻生に見張らせておいたのである。

「お待たせしました」

と、爽香が席につく。

「すみません。お腹が空いていたので、カレーライスをいただいてしまいました」

「構いませんよ」

と、爽香は微笑んだ。「でも正美さん、どうして姿をくらましてたんですか?」

正美は目を伏せて、

「逃げてたんです」

と言った。

「――なぜ逃げたんですか?」

「だって……あの人が私を捜してるからです」

「あの人?」

正美は爽香を真直ぐに見つめると、

「主人です」

と言った。「主人から逃げていたんです」

爽香は面食らって、

「ご主人――宮本さんは殺されたじゃありませんか」

「いいえ！」

正美は激しく首を振って、「あの人が死ぬわけありません！　みんな騙《だま》されてるんです」

「でも……」

「あの人は私と怜を捜しています。一緒にいたら、二人とも殺されてしまいます。だから別々に逃げた方がいいんです」

どう見ても真剣に言っている。

「ともかく、正美さん、警察へ行きましょう」

と、爽香は言ったが、正美は「警察」という言葉に、身をすくめて、

「とんでもない！」

と、叫ぶように言った。

「ちゃんと守ってくれますよ、あなたを」

「守ってくれるもんですか！」

と、正美は顔をひきつらせて、「分ってるんです。私が警察へ行ったら、あの人が現われて、あの愛想のいい、穏やかな調子で言うんです。『家内は病気でしてね。可哀そうな奴な

んです。僕がついていないとだめなんですよ』って……」

「正美さん――」

「警察の人は、すっかり主人の言うことを真に受けて、『こんなにいいご主人がいるんだから、おとなしく帰りなさい』って、そう言って私を主人に引き渡します。――そうに決ってるんです」

正美は目に涙を浮かべている。

「そういう目に遭ってるんですね」

「何度もです。――警察の人は男の言うことを信じるんです。女は男の言う通りにしてりゃいい。そう思ってるんです」

爽香も、正美の言うことが事実に違いないと思わざるを得なかった。

「あの人は生きてます」

と、正美は確信している口調で言った。「みんな騙されてるんです」

「ご主人には――恋人がいました？」

と、爽香は言った。

「たぶん……。もちろん、私、嫉妬なんかしませんでした。だって、少なくともその女の方に注意が向いてる間は、私も怜も大丈夫なんですから」

「相手の女性が誰か、分ってましたか？」

「いいえ。でも、たぶん――」

と言いかけて、言葉を切る。

「たぶん？」

正美は息をつくと、

「ちょっとお手洗を……」

と、バッグを手に立ち上る。

「店の外です。出て左の突き当り」

「すみません」

正美がティールームを出て行くのを、爽香は目で追っていた。

「チーフ」

と、麻生が当惑顔で、「宮本さんが……」

「奥さんは本心から怯《おび》えてるわね。あの宮本さんが、奥さんや娘さんに暴力を振《ふる》っていたのかしら」

むろん、爽香の知っていた宮本は、「よそ行きの顔」だったのだろう。家庭で暴力を振ったりするのは、外で自分を抑え、人当り良くしているせいかもしれない。

爽香のケータイが鳴った。

「下坂さんだわ。――もしもし」

地下で、電波が入りにくい。爽香は、

「麻生君、正美さんがどこかへ行ってしまわないように見てて」

と言っておいて、ティールームを出ると、階段を駆け上って一階のロビーへ出た。

「すみません、もう聞こえます」

「ついさっき、例の女から連絡がありました」

と、下坂亜矢子は言った。「今夜八時に、Kデパートの食料品売場で待っていろということです」

「八時に……。閉店近くですね。食料品売場は混むでしょう」

「よく考えていると思います」

「たぶん、他の誰かの考えじゃないでしょうか」

「私もそう思いました」

「それで三百万円は？」

「もう用意してあります。使用済の札で」

「向うに怪しまれないことが第一です。私、別行動を取って、見張っていましょう」

「お願いできますか」

「仲間がいれば、きっと近くへ来て、見ていると思います。私がうまく見付けられれば」

「よろしくお願いします」

爽香は、亜矢子と待ち合せの時間と場所を決めた。

地階へ戻ると、麻生が通路に立っている。

「どうしたの？」

「まだ戻らないんで、ちょっと心配になって……」

まさか麻生が女子トイレに入るわけにもいかない。

爽香は、

「見て来るわ」

と、急いで女子トイレへ入ってみた。

――逃げられた！

「いないわ。誰か出て来なかった？」

「え？　あ……。掃除のおばさんが……。じゃ、あれが？」

「きっと中の用具置場に、上っぱりがあったのね」

「捜して来ます！」

止める間もなく、麻生は階段を駆け上って行った。

「三崎先生」

と、ドアを開けて、下坂亜矢子は言った。「あ、すみません」

会議室には、三崎と笠木の二人だけがいた。

「お邪魔でしたか」

と、亜矢子は何も気付かないふりをした。

三崎と笠木の間の冷ややかな空気は、手に取るように分っていたのである。

「例の件で……」

と、亜矢子が言うと、三崎はちょっと迷っていたが、

「いや、もういいんだ」

と、肯いて、「では笠木先生。今の私の話をよく考えておいて下さい」

「分りました」

笠木がこわばった表情で言った。「失礼します」

笠木が出て行くと、三崎は舌打ちして、

「全く、青くさいことばかり言いおって」

と、吐き捨てるように言った。

「先生。例の女から連絡が」

亜矢子が、Kデパートで八時に、という件を告げると、

「じゃ、僕も行こう」

と、三崎は身をのり出した。

「お願いします！　心強いですわ」

「そういうことは、やはり男の仕事だ」

「ええ、本当に。でも、お金は私が持って行くことになっていますから」

「大丈夫かね？」

「三崎先生が近くで見守っていて下さると分っていれば、大丈夫です」

「そうとも！　いざというときは、必ず君を守ってやるよ」

三崎は亜矢子の手をギュッと握った。

亜矢子のケータイが鳴る。

「あ、奥様だわ。──じゃ、先生、よろしく」

「うん。帰りに声をかけてくれ」

三崎は残念そうに手を離した。

「失礼します。──もしもし」

と、亜矢子は廊下へ出て歩きながら、「ありがとう。いいタイミング」

「どういたしまして」

と、安江香奈が言った。

「三崎先生が笠木先生に何か言っていたようよ」

「また？　どうせひどいこと言ってたのよね」

「元気づけてあげなさい」

「はい！」

と、香奈の声は弾んだ。


「やっぱりここだ」

香奈は教室の戸を開けて言った。

「——何だ、お前か」

笠木が教壇の机に腰をかけていた。

「一人になりたかった？」

「まあな」

香奈は笠木のそばへ行くと、

「先生。——泣いてたの？」

「馬鹿言え」

「目が赤い」

「俺は——」

と言いかけて、「強がっても仕方ないな。三崎先生から『お前は無能だ』と散々言われてな。——やっぱり面と向って言われるといやなもんだ」

「我慢して」

　と、香奈が笠木の腕をつかんだ。「私と下坂さんは先生の味方」

「そういえば、下坂さんが来てくれて助かった。三崎の前じゃ涙を見せたくなかったからな」

「分ってて声かけたのよ」

「下坂さんが？」

「ね、頑張って。先生は一人じゃないよ」

　笠木は苦笑して、

「言う方と言われる方が逆だな」

　と言った。

「どうして？　先生だって生徒だって、同じ人間でしょ。どっちがどっちを慰めたっていいじゃない」

「安江……」

「香奈って呼んでよ。長い付合いなんだから」

「俺は教師だ」

「だから？」

「だから……」

言葉が途切れて、二人の目が合った。

香奈は少し伸び上って笠木の唇に唇を重ねた。

笠木の手が反射的に動いて、香奈の背中へ回っていた。

「先生……」

香奈は唇を離すと、「謝ったりしないでね」

「ああ」

「こうするのが夢だった」

「分ってたよ」

「でも、これ以上はしない、でしょ？」

「ああ」

「もったいない！　こんなに可愛い子を前にして」

と、香奈は微笑んだ。

「全くだ」

「そういう先生が好きなの」

「そう思われてちゃ、何もできないじゃないか」

「そうだね」

二人は笑った。

「——さあ、もう行け。学校の中だ。誰か見てるかもしれない」

「うん、それじゃ！」

香奈は明るく言って、教室から駆け出して行った。

そして走った。——息が切れるまで。

「やった……」

足を止めて呟く。「キスした！」

これきり？——いやだ！

香奈は分っていた。一度ああなってしまえば、次はあそこから始まるのだ。

笠木を苦しめたくはない。でも……。

一旦堰《せき》を切った感情は、もう止められない流れとなって、香奈を押し流そうとしていた。

19 遠い声

「今夜八時にKデパートの食料品売場」

と、爽香は言った。「明男、無理しないでね」

「大丈夫。行くよ」

と、明男は言った。「どこで待ってる？」

「じゃあ……北側の階段」

「分った。捜して行く」

明男は配送の途中だろう。話は簡潔にすませて、爽香は電話を切った。

出歩いていることが多いので、こうして自分の机に戻ると、郵便物やメールのチェックだけで時間を取られる。

パソコンの電源を入れ、メモ用紙をめくって見ていると、ケータイが鳴り出した。

誰だろう？　公衆電話からになっている。

「――もしもし」

と出ると、

「あの……杉原爽香さんでしょうか」

と、おずおずとした女性の声。

「そうですが……」

「良かった」

ホッとした様子だ。——この声、聞き覚えがある。

「あの——早川さんじゃありませんか？　早川志乃さん？」

少し間があって、

「まあ……。声だけで分って下さったんですね」

「やっぱり。この間、河村布子さんと志乃さんのことを話していたんです」

「私のことを？」

「ええ。あかねちゃんももう五つね、って。あかねちゃん、元気ですか？」

「ええ、元気過ぎて」

と、早川志乃はちょっと笑って言った。

「それなら……。今、どちらに？」

「自宅は金沢の方なんですけど——。東京へ出て来たんです」

「あかねちゃんも一緒ですか」

「ええ。幼稚園を休ませて。それで——ご迷惑かと思ったんですけど、杉原さんのことを思い出して……」

「迷惑なんてことありませんよ。あの——何か私にできることが？」

「ええ。お願いできれば……。お会いする時間を取っていただけますか」

「もちろん。あ、ただ今夜はちょっと予定が……。明日でしたら大丈夫です」

「構いません、もちろん」

「じゃ、お会いしましょう。河村さんには、まだ知らせてないんですね。お会いしてからの方が？」

「そう願えたらありがたいです」

「分りました。どちらへお泊りですか？」

爽香も場所は知っているビジネスホテルだった。メモを取って、

「じゃ、お昼ごろお訪ねします」

と、爽香は言ったが、「——もしもし？」

「あの……杉原さん」

志乃の声が少し変った。「お友だちで、お医者様おられましたね」

「ああ、浜田今日子《はまだきょうこ》ですか。まだちゃんと医者やってますけど」

「明日——診ていただけるでしょうか」

「もちろんです。志乃さん、どこか具合悪いんですか？」

「実は……。向うで入院しろと言われたんですけど、あかねのこともあるし」

「分りました。明日朝いけます？　連絡しておきます」

「申し訳ありません。ご面倒なことを」

「いいんです。――志乃さん、大丈夫ですか？」

「ええ、特にどこか痛いとかいうわけじゃないので」

爽香は今日子の病院の連絡先を教えて、

「何かあったら、いつでもこのケータイにかけて下さいね」

と付け加えた。

通話が切れると、すぐに浜田今日子へかける。

「――何だ、爽香。久しぶりじゃない」

今日子の声は少しも変らない。

「お願いがあるの」

爽香の話を聞いて、

「ああ、河村さんの例の彼女ね。分った。どこが悪いって？」

「言わなかったけど、何だか心配」

「そうだね。よほどのことがないと、頼って来ないだろうからね」

「お願いね、何かのときは」

「分った。それより爽香は大丈夫なの？」

「至って健康」

「油断しないで。――あ、呼出しかかってる。それじゃ」

「よろしく」

爽香は通話を切ると、少し考えてから、荻原里美を呼んだ。

「爽香さん、ご用ですか」

と、スッキリしたスーツ姿で入って来る。

二十一歳にしては落ちついて見える。

「一郎ちゃん、元気？」

「もう小学生ですから」

一郎は七歳で、里美の弟である。

「あのね、河村さんの恋人だった早川志乃さんって憶えてる？」

「ええ」

爽香は、志乃が上京して来ている事情を話して、

「明日、もし出かけられたら、病院に行って、志乃さんが検査受けてる間、あかねちゃんのこと、見ててあげてほしいの」

「分りました。五つでしたっけ？」

「うん」

「任せて下さい。子供の面倒みるの、得意です」

と、里美はニッコリ笑って、「今日の内に社長の許可をお願いしておきます」

「よろしく」

爽香は里美の手をちょっと握って、「今度一緒にご飯でも食べましょうね。もちろん一郎ちゃんと」

「はい！」

元気な返事には、昔の〈飛脚ちゃん〉の面影があった。


「下坂君、本当に大丈夫か？」

と、三崎が言った。

「ええ。こんなに人が沢山いるんですもの。危いことはないと思います」

下坂亜矢子は、Kデパートの地階の食料品売場にエスカレーターで下りて行くと、勤め帰りに、おかずや弁当を買って行く女性たちで混雑している売場を見渡した。

「向うがどこにいるか分りませんから」

と、亜矢子は言った。「三崎先生、どこか様子の見える所にいらして下さい」

「分った」

三崎はホッとしている様子だった。亜矢子は笑いをかみ殺していた。三崎がビクビクものでついて来ているのが分っていたからである。

亜矢子と離れると、三崎は上りエスカレーターのすぐ近くへ行って、キョロキョロしなが
ら立っていた。何かあれば、いつでも逃げ出すだろう……。

亜矢子は、まだ約束の八時に三十分近くあるので、北側の階段へと向った。
爽香がその辺りに来てくれることになっている。
北側の階段はあまり上り下りする人もなく、ポカッと空いていた。

「下坂さん」

爽香が階段を下りて来る。

「杉原さん！　早いですね」

「余裕を見ておかないと」

と、爽香は言った。「主人もここへ来ますから」

「三崎先生はエスカレーターの所です。役には立ちませんけど、それでいいんです」

爽香は微笑んで、

「何か考えがあるんですね」

「あることはありますけど……。ただ、何が起るか分りませんものね」

「向うも、用心して早くやって来るでしょう」

「あの――どうやって連絡すれば？」

「向うも女が一人で来るとは思えません。ケータイを使ったりすれば、その仲間の目につきます。大丈夫です。私、あなたの動きを見ていますから」

「お願いします」

こういう状況に慣れている爽香の言い方には、亜矢子を安心させるものがある。

そのとき、亜矢子のケータイが鳴り出した。

「公衆電話からです。――もしもし」

「お金は持ってるね？」

と、女の声。

「今、デパートへ向っています」

「八時ちょうどに、食料品売場の南側の女子トイレに入って」

「分りました」

すぐに切れた。

爽香は亜矢子の言葉を聞くと、

「分りました。もう相手も来ているかもしれません。行って、売場をぶらついて時間を潰して下さい」

「はい」

「八時に女子トイレというのは、こちらを警戒して、嘘をついているのかもしれません。私も少し離れてあなたを見ていますから」

と、爽香が言った。

そのとき、

「いたのか」

と、明男が階段を下りて来た。

「良かった！　早かったね」

爽香は亜矢子を明男に紹介し、状況を説明した。

「分った」

と、明男は肯いて、「きっとその女は金を受け取った瞬間、仲間のいる方を見るだろう。僕はそっちの方を追うから」

「よろしくお願いします」

と、亜矢子は心強い思いで言った。「奥様ともども、ご迷惑かけて」

「いえいえ。じゃ、行って下さい。少し遅れてついて行きます」

「はい」

「お金は何か袋に入れて？」

と、爽香が訊く。

「はい」

亜矢子はバッグから三百万円の入った紙袋をちょっと持ち上げて見せた。明るいピンクの紙袋に入っている。

「目立つ色がいいと思いまして」

「結構ですね。相手が声をかけて来たら、まず写真を請求して下さい」

「はい。——それじゃ」

亜矢子は階段を下りて、〈お惣菜〉という売場へと足を向けた。

「行くか」

と、明男が言った。「何だかお前に似てるな」

「あっちの方が美人だよ」

「今、そんなこと言ってるときか？」

二人は階段を足早に下りて、下坂亜矢子の後を追って行った……。

20 影

　亜矢子は、閉店時間が近く値引きしている惣菜を目当てにやって来ている客たちの間を、すり抜けるようにして進んで行った。

　八時まであと十五分。

　あのケイ子という女は、本当に八時に女子トイレに現われるつもりだろうか。

　しかし、亜矢子はあえてキョロキョロと周りを見回したりしないで、むしろ自分でも何かおかずを買って帰りたい気分で、ケースの中を覗いていた。

　杉原爽香とその夫が、自分のことをちゃんと見ていてくれると信じていた。

　用心しなければならないのは、金だけを取られて、写真の存在を確認できずに逃げられてしまうことだ。バッグを引ったくられることがないように、しっかりと持っていた。

「閉店間際の特別価格です！　半額ですよ！」

　方々から売場の女性たちの同じ言葉が飛んで来る。

　八時間際になって、売場は一段と混んで来た。デパートは八時半まで開いている。

仕事帰りのＯＬらしい女性が目立つ。

呑気《のんき》なもので、亜矢子もつい本気で、「何か川上たちに買って帰ろうかしら」などと考えていた……。

あと五分で八時だ。

亜矢子が足を止めて腕時計を見たときだった。

いきなり背後から腕をつかまれ、

「すぐトイレに行くのよ！」

と、耳もとで言われた。「トイレの屑《くず》カゴにお金を入れて、すぐ出るの。後は振り向かないで歩いて。分った？」

亜矢子は振り向かずに、

「写真を下さい」

と言った。「写真と交換です」

「この中よ」

女が封筒を亜矢子のポケットへ押し込んだ。「ぐずぐずしないで！　早く！」

背中を押されて、亜矢子は歩き出した。

南側のトイレに入ると、洗面台の所でお化粧を直している女性が二人もいる。これからデートなのだろうか。

亜矢子はポケットから封筒を取り出し、封を裂いて中の写真を出した。

それは確かに写真だったが、あの公園で立ち話をしている男たちだった。ホームレスの仲間かどうかも、男たちの顔もはっきりとは分らない。

亜矢子はちょっと迷った。

この写真では、「誠一郎が写っている」とは言えない。しかし、三百万を渡さなければ、あのケイ子とのつながりも切れてしまうだろう。

亜矢子はバッグから紙袋を取り出すと、屑カゴの中へ放り込んで、トイレを足早に出た。

一旦、階段の方へと足を向ける。

こらえ切れなくて振り向くと、女子トイレにあのケイ子が入って行くところだった。

やはりあの女だった。しかし、誰かが亜矢子を見ているかもしれない。

亜矢子は素早く階段を途中まで上った。


爽香と明男は顔を見合わせた。

「今の女ね」

「じゃ、女を尾《つ》けてみろ。俺は仲間がいたら、そっちを追ってみる」

待つほどもなかった。

女がピンクの紙袋を、自分の持って来た布の手さげ袋の中へ押し込みながらトイレから出て来る。

そして女はパッと右手を向いた。その視線の先へ目をやると、コートをはおった中年男が小さく肯く。

「あの男だ」

と明男は言った。「俺が尾ける」

「うん」

爽香は、女の方にさりげなく目をやりながら、店舗の間を少し離れて平行に歩いて行った。

明男は全く別の方角へと向ったらしい。

おそらく、デパートの外へ出てから落ち合うのだろう。

爽香は巧みに人波を縫って進んで行く。これなら大丈夫。見失わない自信がある。

女が階段を上り始めた。

爽香は少し足を早めた。外へ出たら、どっちへ行くか分らない。

女は尾行されているとは全く思っていない様子だった。金を入れた布袋のことだけが気になるようで、何度も中を覗き込んで確かめている。

だが、地上階へ出たとき、爽香のケータイが鳴った。

——誰だろう？

急いで取り出してみると、憶えのない番号だ。放っておこうか。

だが、何か緊急の用件だったら……。

少し迷ったが、女を追いながら、ケータイに出た。

「もしもし？　――どなた？」

と問いかけると、

「杉原さん……」

と、どこか不自然な女の声。「早川です」

「志乃さん？　どうしました」

「すみません……。痛みが……」

「え？」

「急に出血し始めて……。痛みが止らないんです……」

早川志乃の声は途切れがちだった。

「もしもし。今、ホテルですか？」

「はい……」

ただごとではない。

「すぐ行きます！」

迷っている場合ではなかった。

早川志乃とあかねの泊っているビジネスホテルはここから近い。

爽香は駆け出しながら、浜田今日子のケータイへかけていた。

ホテルに着く前に救急車を今日子から頼んでもらっていたので、ほとんど時間をむだにせずに済んだ。

爽香は、救急車に同乗して、あかねを膝の上に抱いていた。

「大丈夫。すぐ病院ですよ」

志乃は弱々しく言った。

「すみません……」

志乃は痛み止めで少しボーッとしているようだったが、痛みは楽になったようだ。

救急車はサイレンを鳴らして、今日子の待つ病院へと向っていた。

「ご迷惑かけて……」

と、志乃が言った。

「お互い様じゃありませんか。気にしないで。病気のときは誰でも同じです」

志乃はかすかに微笑んで、

「変りませんね、爽香さん……。少し太られました？」

「少しです」

と、爽香は強調した。「あ、ごめんなさい」

ケータイが鳴った。明男からだ。

「――もしもし」

「今、どこだ?」

「救急車の中」

「何だって?」

爽香が状況を説明すると、

「――何だ。びっくりした」

「女の方は追えなかったの」

「男は女を拾って車で逃げた。タクシーで追ったけど、途中で見失ったよ。でも、車のナンバーを控えた。男の車だろう」

「ご苦労さま。下坂さんに連絡するわ」

「うん。どこの病院へ行くんだ?」

「今日子の所よ」

「分った。俺も行くよ」

「うん。じゃ、向うで」

爽香が通話を切ると、志乃が呆れたように爽香を見ていた。

「相変らず、危いことされてるんですね」

「え？　ああ……。何だか私、畳の上じゃ死ねないみたい……」

　と、爽香は冗談めかして言った……。


「分りました」

　と、亜矢子は言った。「ありがとうございました」

　爽香からの連絡を聞いて、亜矢子はホッと息をついた。

　爽香から、あのケイ子の仲間だったという男のことを聞いて、亜矢子には見当がついた。

　おそらく、あの興信所の男、広田だ。

　明男が、尾行しながらケータイで男の写真を撮ったというので、送ってもらうことにした。

　すぐに受信して、見るとやはり広田である。

　川上信代から誠一郎を「消して」くれと頼まれて、広田は怯えたのだろう。

　広田は暴力団員ではない。金のためとはいえ、人殺しまではやりたくなかったのだろう。

　思い付いて、ケイ子をそそのかし、金をゆすり取ろうとした……。

「——あ、三崎先生」

　亜矢子は、三崎がすでに閉店したデパートの前でぼんやり立っているのを見付けた。「すみません！」

「やあ、大丈夫だったのか？」

「ええ。金は渡しました」

「そうか。君から連絡がないんで、心配してたんだよ」

「申し訳ありません。女の後を尾けようとして、迷子になっちゃって」

三崎は自分の出番がなくてホッとしている様子だ。

「君も大変だったね。どこかでお茶でもどうだい？」

「ありがとうございます。でも、信代様が連絡をお待ちだと思いますので」

「ああ、そうか。うん、そうだね」

「これから信代先生のお宅へ参ります」

「分った。じゃあ……」

「明日、お昼でもいかがですか？　お礼をさせて下さい」

三崎はたちまち上機嫌でニコニコしている。

亜矢子はタクシーを停めて、

「じゃ、三崎先生、お先に」

「ああ、ご苦労さん」

タクシーに乗りかけて、亜矢子は三崎の方へ戻ると、素早くその頬へチュッとキスした。

「おやすみなさい」

タクシーが走り出し、振り返ると、三崎が呆然と突っ立っているのが見えた。亜矢子は、

ちょっと肩をすくめると、

「やり過ぎたかしら……」

と呟いた……。


「確かに主人らしいわね」

と、信代は拡大鏡で写真を見て、「この横顔が……」

「私にはよく分りませんでした」

と、亜矢子は言った。「奥様の方がよくお分りですよね」

「そうね。――他にも写真があるのかしら」

「それは分りません」

信代は自宅の居間のソファにかけて、じっと考え込んでいたが、

「――お金は用意するわ」

と言った。

「分りました」

「二、三日かかると思うけど。――向うから連絡して来たら、そう言ってちょうだい」

「はい」

信代は深く息をついて、

「あの人のおかげで、大変な損害だわ」

と言った。「下坂さん、悪いわね、色々」

「いいえ。三崎先生もご一緒して下さいましたし」

「そうだったわね。――どうして一緒に来なかったの?」

「いえ、それが……」

と、亜矢子は口ごもって、「お金を女に渡した後、三崎先生とうまく会えなかったんです。先生もどこかに動いておられたらしくて」

「じゃあ……あんまり役に立たなかったのね?」

「いいえ。何しろ人が多かったので。後でお会いできたんですけど」

「そう……」

信代は、少し三崎に失望している様子だった。

「次は大金ですから、やはり三崎先生においでいただいて……」

「でも、受験のことならともかく、そういう事態には向いてないのかしらね」

「でも、『任せろ』とおっしゃって下さって」

と、亜矢子は三崎を持ち上げておいた。

「遅くなってすみません」

と、亜矢子は買って来た惣菜を皿に出しながら言った。

「おいしそう」

と、怜が目を見開いて、「今、何でも売ってるんだ、デパートって」

亜矢子はしっかり、あの食料品売場でおかずも買って来ていたのである。

誠一郎も入れて、三人の食卓はにぎやかだった。

「いつも一人で食べてたから、楽しいです」

と亜矢子は言った。

「本当の家族みたい」

と、怜が言った。

「家族ね……」

「――私は余計ね」

と、怜が笑う。

「そんなこと……」

「うちは――三人で食事してても、話なんかしなかった」

怜の笑みが消えた。「家族って、どこでもこうなのかと思ったわ」

「お父さんは亡くなったしね」

「うん。でも……お父さんは外面《そとづら》のいい人だったけど、家じゃ冷たかった」

「まあ……」

「女の人もいたし」

「――恋人ってこと？」

「うん。分ってるんだ、私」

怜はそう呟くように言ってから、「おかわり！」

と、空の茶碗を差し出した。

21 誘いの手

パソコンの電源を入れると、電子音と共に、〈メール一件届いています〉の文字が出た。

中島亜紀は、着替えをしながらメールを画面に出した。そして、ちょっと顔をしかめる。

ホテルで一度だけベッドを共にした横井忠司《ただし》からだ。

〈やあ！　あのときは楽しかったね。

時がたつにつれ、君のことを思い出す。

また会わないか？

明日、地方から出て来る教師仲間の歓迎会があることになっていたのが、急にその一人が入院してね。上京そのものが中止になってしまった。夜が空いたんで、もし良ければ……。

七時にN駅前の喫茶店〈P〉で。近くにいいホテルがあるんだ。

いい返事を待ってるよ。　　　　　横井〉

亜紀は、まだ痛む脇腹にそっと手を当てた。

たまたま時間が空いたから……。

私は時間潰しなのね、しょせん。

腹を立てても仕方ない。返事を出さずに放っておこう、と亜紀は思った。

廊下の方でガタッと音がした。

「広ちゃん？」

と、亜紀は声をかけた。「すぐお弁当、食べる？」

返事はなかった。

部屋の方へ行こうかと腰を上げると、ケータイが鳴った。広紀からだ。

「――もしもし？」

「あのね。今日はすき焼き食べたいんだ。うちで」

亜紀は一瞬言葉に詰ったが、

「いいわよ、もちろん！　じゃ、すぐお肉とか買って来るね。少し待ってて。いい？」

「うん、待ってるよ」

「急いで行って来るわ」

広紀が亜紀に、ご飯を作ってほしいと言ったのだ。亜紀は嬉しかった。

急いで財布を手に家を飛び出す。

亜紀をひどく殴ったりけったりしたあの夜から、広紀はおとなしく、優しくなっていた。

亜紀に気をつかっているようだった。

買物に出た亜紀はスーパーへと急ぎながら、涙が溢《あふ》れて来るのを止められなかった。

――亜紀が出かけると、広紀は自分の部屋から出て、姉のパソコンの所へやって来た。

メールを画面に出すと、横井からの誘いのメールをじっとにらみつけるように見ていた。

そしてキーボードを叩き始めた。

〈横井様
お誘いありがとうございます。
喜んで伺います。楽しみにしています。
亜紀〉

広紀はそのメールを横井宛に返信すると、リストから削除した。

玄関のチャイムが鳴って、広紀はギクリと身を縮めた。

チャイムは二度、三度と鳴った。

「帰れ。――早く帰れ」

広紀は口の中で、おまじないでも唱えるようにくり返した。

やがてチャイムは鳴り止んだ。

河村布子は、通りへ出て、それでも少し待っていた。

中島亜紀が出て来るかもしれないと思ったのである。――しかし、その気配はなかった。

諦めて歩き出す。

近くの喫茶店で、亜紀の所に引きこもりの弟がいると聞いて、初めて彼女がいつも急いで帰宅しようとする理由を知ったのだった。

できることなら、亜紀と話したかったのだが……。

ふと気が付くと、向うから亜紀がスーパーの袋をさげて急ぎ足でやって来る。

「——中島先生」

呼び止めなければ、向うは気付かなかっただろう。

「河村先生」

亜紀は目を見開いて、「どうしてここに……」

「あなたとちょっとお話ししたくて」

「あの……。そうですか」

亜紀が立ち尽くす。

「急ぎの用事？　それなら出直して来るけど」

布子のその言葉に飛びつくように、

「すみません！」

と、亜紀は言った。「ちょっと急いで家へ帰らなきゃいけないものですから」

「いいわよ。今夜でなきゃ、って話じゃないいし」

「わざわざおいでいただいたのに、申し訳ありません」

亜紀は頭を下げた。

布子は足早に立ち去った。

亜紀は、息をついて布子を見送っていたが、やがて急いで家に向った。

「――広ちゃん」

と、玄関を上る。

返事はなかった。

「いいお肉があったのよ」

と、亜紀は台所に立つと、買って来たものを並べた。

「すぐ仕度するからね！」

亜紀の声は弾んでいた。


布子は、もう少し中島亜紀と話せるように粘るべきだったか、と思いながら歩いていた。

しかし、無理を言えば、相手は心を開いてくれないだろう。これで良かったのだ。

ケータイが鳴った。

「もしもし、爽香さん？」

「先生、すみません。今、大丈夫ですか」

「表を歩いてる。何かあった？」

「実は、早川志乃さんが今東京へ出て来ていて」

「あら、この間話してたわね」

「入院したんです、志乃さん」

「入院？」

布子は足を止めた。

爽香の話を聞くと、すぐ病院へ向うことにした。

詳しいことは聞かなかったが、爽香の口調で、何か大切な話があることは分った。

布子は足どりを早めた。

――病院へは三十分ほどで着いた。

もう外来受付は終っていたが、待合室にはまだ何人もが待っていた。

爽香が玄関の近くで待っていてくれた。

「先生」

「びっくりしたわ。どうなの？」

と、布子は訊いた。

「今日子が今用事で出かけてますけど、また戻るそうです」

と、爽香は言って、「志乃さん、子宮がんだそうです」

「まあ……」

「ゆうべ出血して、救急車で運び込んだんですが……」

「あかねちゃんは？」

「一緒です。ゆうべは志乃さんの代りに私がビジネスホテルに一緒に泊りました」

「ご苦労様。——無理したんじゃないのかしら」

と、布子は言った。

「病院に行くのが遅れたんですね。ゆうべご連絡しようかと思ったんですが、検査の結果がはっきりしてから、と思って」

「そう……。手術？」

「たぶん。後で今日子が話してくれると思います」

「当分入院ね」

「あかねちゃんをどうするか、先生と河村さんでご相談いただけませんか」

「うちにいてもらうわ。他に預ける所もないでしょう」

「そうですね。——ともかく、志乃さんと会われますか？」

「ええ、もちろん」

と、布子は即座に肯いた。

——志乃は眠っているようだった。

あかねがベッドの足下の方に頭をのせて眠っている。

「まあ、大きくなって……」

と、布子は思わず呟いた。

すると、眠っているかに見えた志乃が静かに目を開いた。

「河村先生……」

「起きていたの？」

布子はベッドのそばで、じっと志乃の青白い顔を見つめて、「一人で頑張った疲れが出たのよ」

と言った。

「ご主人もお変りなく……」

「ええ。刑事を辞めて、民間企業に移ったけど」

「じゃあ、安心ですね」

「何とかね」

「私……こんな風にあかねを残して行きたくなかったんですけど……」

「何を言ってるの！　しっかりしなきゃ。手術すれば治るんでしょ？　あかねちゃんのことは、それまでちゃんとうちでみてあげるから」

「すみません……。ご迷惑はかけたくなかったんですけど」

「あの人にも、少し親らしいことをさせてやって」

と、布子は微笑んで、志乃の手をそっと両手で挟んだ。

「どうかよろしく……」

「でも、あなたが元気になるまでよ。ずっと見てるのは二人だけで充分」

志乃は微笑んで、

「爽子ちゃん、ヴァイオリンの天才少女ですってね」

「あの年齢《とし》ごろは、『天才』がいくらもいるの。当人が楽しんでるから、それは良かったと思ってるけど」

「でも凄いわ。――また、爽子ちゃんのヴァイオリンを聞いてみたい」

「ぜひ聞いてあげて」

と、布子は肯いた。「――あんまり話してると疲れるわね」

「いえ……。ありがとうございました」

と、志乃は言った。「どうか……ご主人によろしく」

布子は立ち上ったが、

「主人にも来させるから」

と言って、志乃の額に手を当てた。

「それはいけません」

「いいのよ。――あなたがこうなったのも、ある意味では主人の責任。それは分ってくれるはずよ」

「奥様……」

と、志乃は言った。「ありがとうございます」

志乃の目から涙が一筋落ちた。

「――さあ」

と、爽香が言った。「あかねちゃんを布子先生の所へ」

「いいえ、今でなくていいわ」

と、布子は言った。「後でもう一度来ます」

「先生――」

「今日子さんにも会いたいし。主人を連れて、また来るわ」

「いいんですか?」

「あかねちゃんは、お母さんのそばにいたいでしょう。爽香さん、それまでついていてくれる?」

「私は構いませんけど」

「じゃ、お願いね」

と、布子は言って、志乃に微笑みかけた。

22　怒りの刃

七時。N駅前の喫茶店〈P〉。

横井はケータイを取り出して、約束の時間と場所を確認した。いや、実際はもう約束の七時を十五分ほど過ぎている。

きっと中島亜紀が先に来て待っているだろうと思い込んでいたので、ちょっと肩すかしだ。

「教師が約束の時間を守らなくてどうするんだ……」

わざと遅れて来た自分のことは棚に上げて、横井はグチった。

一度ホテルへ連れて行けば、まずどの女でも自分に惚れる。——横井は自信を持っていた。

だから、わざと遅れて、中島亜紀をじらすつもりだったのである。

彼は来ないいんじゃないのかしら。——女が不安になったところへ、横井が現われる。それで女は自分が横井に夢中になっていると自覚するのだ……。

しかし——中島亜紀は三十分過ぎても現われない。横井は苛立って来た。

亜紀のケータイ番号も知っているが、決してこっちからはかけない。それが横井の主義《ヽヽ》だった。

「あと十分待って来なかったら、もう帰るぞ」

と、横井は呟いた。「俺に待ち呆けを食らわせるなんて、生意気だ！」

そのとき、店のレジの女の子がやって来た。

「あの、お客様、横井さんでいらっしゃいます？」

「そうですが」

「ついさっきお電話がございまして、伝言してほしいと……」

「何と言って来た？」

「はい、駅前から少し入った公園で待っている、とのことでした」

「公園？　そうか、ありがとう」

一体どうしたっていうんだ？

いずれにしても、このまま喫茶店で待っていても仕方ない。

支払いをして、ぶらりと外へ出た。

公園は、ちょうどホテルへの道の途中である。駅からは勤め帰りのサラリーマン、ＯＬが固まって出て来る。

それをやり過して、横井はわざと少しのんびり歩き出した。急ぐことはない。

横井は、自分がいつも主導権を持っていないと気が済まないタイプの男だった。

公園の辺りは人影もない。

公園へ入って、横井は戸惑った。——小さな公園である。一目で誰もいないことが分る。

といって、この他に駅の近くに公園はないはずだ。

横井は、一つだけ置かれたベンチに腰をおろした。

「呼び出しといて何だ……」

と、口に出してブツクサ言っていると、ガサッと茂みが揺れた。

振り向くと同時に、脇腹に鋭い痛みが食い込んで来た。

人影が公園から飛び出して行く。

「おい……」

立ち上った横井は、脇腹の痛みがどんどんひどくなるのを感じて、手をやると、ヌルッと滑った。

血？——血だ。

「何だっていうんだ……」

刺されたのか？　この俺が？　どうしてだ！

溢れ出た血が腰から足を濡らして行くのが分った。

「おい……。誰か来てくれ……」

横井は、フラフラと公園からよろけながら出た。

夜道を、ＯＬらしい人影が足早にやって来る。

「助けてくれ！　刺されたんだ！」

と、手をのばしてすがりつこうとしたが、相手はびっくりして飛びのいてしまった。

横井はつんのめって、そのまま道に倒れ伏した。

「頼むよ……。救急車を……」

思っているほど声は出ていなかったのかもしれない。

その女性は小走りに行ってしまった。

畜生！　ひどいじゃないか！

俺は――俺は刺されるようなことなんかしてないぞ、畜生！

立ち上ろうとしたが、痛みに目がくらんだ。

「助けてくれ！」

精一杯の叫び声だった。


「河村先生」

中島亜紀は、学校の廊下で河村布子の姿を見かけて声をかけた。

「ああ、中島先生」

布子は足を止めて、「すみませんでしたね、突然お邪魔して」

「いえ、こちらこそ。せっかくおいでいただいたのに」

と、亜紀は目を伏せて、「あの——ご存知かも知れませんが、弟のこと……」

「ええ、ご近所でちらりと——」

「あのとき、弟が本当に珍しく『すき焼きを食べたい』と言い出して」

と、亜紀は微笑を浮かべて、「いつも、コンビニのお弁当しか食べない子なんですが」

「じゃ、楽しいお夕食に？」

「はい。——おいしい、と言って食べてくれました」

「良かったですね」

「はい、ありがとうございます」

と、亜紀は礼を言って、「それで——河村先生は何のご用だったんですか？」

「ええ、実は——」

と、布子が言いかけたとき、

「中島先生」

と、声をかけて来たのは、事務室の女性だった。

「はい」

「あの——お客様が」

男が二人、立っていた。

布子にはそれが刑事だとすぐに分った。

「はい。——河村先生、それじゃ、また後で」

「私も一緒にお話を伺います」

と、布子は言った。「警察の方ですから、そちらは」

「警察？」

刑事たちは顔を見合せると、

「失礼ですが、なぜ我々が刑事だとお分りに？」

と、一人が布子に訊く。

「見慣れています」

と、布子は答えた。「主人はつい最近まで刑事でしたので」

思い当ったように肯いて、

「河村さんの奥様ですね」

と言った。「この学校においでと伺ったことがあります」

「中島先生にどんなご用で？」

「実は——横井忠司という人をご存知ですか」

「横井先生のことですか」

「ええ、ご同業の方で」

「存知上げています。研究会でご一緒しました」

「それ以外には？」

少し間があって、

「一度だけお付合いしました」

と、亜紀は言った。「食事を、と誘われまして」

「その横井先生がどうしたんですか」

と、布子が言った。

「殺されたんです。ゆうべ」

亜紀は愕然とした。

「――殺された？」

「ええ。昨日お会いになったのでは？」

刑事は訊いた。

「いいえ」

亜紀は首を振って、「お誘いのメールはいただきましたが、無視しました」

「どうしてですか？」

「それは……」

と、亜紀は口ごもった。

「前に会ったとき、食事だけで終らなかったのでは?」

「実はそうです」

亜紀はしっかりと肯いて、「食事の後、誘われるままにホテルへ行きました」

「それで?」

「ホテルで、横井先生に奥様があると初めて知って……。それでもう二度と会わないと決めたんです」

「なるほど」

刑事は肯いて、「いや、どうも。お忙しいところを」

「いいえ」

亜紀は、二人の刑事が立ち去るのを見送って、「――すみません、河村先生」

「謝ることないわ。恋はあなたの自由」

「恋なんかじゃありません」

と苦々しげに言った。

「あまりいいお付合いじゃなかったようね」

「後悔しました。どうしてこんな男と寝てしまったんだろう、って」

「それで誘いのメールを無視した」

「そうです」

「でも、妙ね」

と、布子は立ち去った刑事たちの方へ目をやって、「あの刑事、あなたがゆうべ、どこにいたかも訊かなかった」

亜紀は当惑して、

「それって、どういう意味ですか？」

「ここまであなたの話を聞きに来た以上、何かつかんでるはずよ。でも、何一つ肝心のことには触れなかった」

「私を疑ってるんでしょうか」

「まず間違いなくね。そして何か証拠になるようなものをつかんでいるわ」

「私は何もしていません」

「ええ。もちろん、私もそう思うわ。でもね――」

と、布子は言った。「向うが何かつかむ前に思い出しておいた方がいい。――ゆうべはどこに？」

「ゆうべですか……。ああ、研究会のレポートのまとめについて、打合せていました。予定したより二時間近くも長くかかって……」

「では、アリバイを証言してくれる人はいるのね」

「大丈夫だと思います。他に三人も先生がいらしたんですから」

「その中に親しい人は？」

「ええ、もうここ五、六年、毎年ご一緒してる方が」

「その人に電話して、いざというときは証言してくれるように頼んでおいた方がいいわ。人間、自分の責任で何か話すとなると、急に逃げ出す人もいるの。私の心配は経験から来ているから」

「分りました。早速連絡します」

と、亜紀は肯いた。「ありがとうございます。河村先生がいらして下さらなかったら、私、オドオドして、刑事さんにちゃんと返事できなかったかも」

「それが普通なの。一般の方はね」

と、布子は言った。「じゃ、中島先生、これで」

亜紀と別れて、布子は足早に職員室へと向った……。


「見てよ、これ！」

ケイ子は上ずった声を出していることに自分でも気付かず、紙袋から百万円の束を三つ取り出して見せた。

「よせ。早くしまえ！」

広田がたしなめるように言って、「こんな所で出す奴があるか」

公園のベンチにかけて、ケイ子はまるで赤ん坊を抱っこするように、札束の入った紙袋を抱きかかえていた。

「いいもんだね、お金って」

と、ケイ子は言った。

「山分けだぞ。忘れるなよ」

「大丈夫さ。安心しな」

「まあ待て。本筋はこれからだ」

広田は公園の中を見渡した。

日射しが明るい午後だった。

「三百万でこんなにいい気分なんだから、二千万あったら、本当に楽しいだろうね」

ケイ子はニヤニヤしている。

「気を付けろよ。ここの段ボールハウスじゃ、泥棒の侵入は防げない」

「しっかり抱いて寝るよ」

「ともかく何か食え。札束は食べられないんだ」

「ふしぎと腹も空かないんだけどね」

と、ケイ子は笑った。「でも、食べりゃ入りそうだ」

「そこのファミレスで食べよう。俺も昼がまだだ」

「高級フレンチでも食べる?」

と言って、ケイ子は笑った。

広田と二人、ファミレスでカレーなど食べながら、ケイ子は、

「次の金はいつ要求するの?」

と言った。

「電話をして、金がいつできるか訊け。はっきり何日と返事があれば大丈夫だ。もし、『いつになるか分らない』と言ったら、払う気がないんだろう」

「何としても、ふんだくってやるよ」

と、ケイ子は札束の入った紙袋をそっとなでた……。

23 札束

「じゃ、本当に二千万円払うのか」

と、川上誠一郎は言った。

「一応そういうことになりました」

と、下坂亜矢子は言った。「お金はもう用意できています。渡すのは明日の夜」

「どこで？」

「あの公園です。三百万渡したので、向うも安心したようで」

「やれやれ」

と、誠一郎は首を振って、「信代の奴、さぞ怒ってるだろう」

「それが、そうでもないんです」

「というと？」

「信代様は、この二千万が、いわば『手切れ金』のように思っておられるようで」

「つまり――僕との縁が切れる、ってことか？」

「ええ」

「しかし、僕が金をもらうわけじゃない」

「理屈はそうなんですが、信代様はご自身をそう納得させておられます」

「——中島先生のこと、ショックだな」

と、怜が言った。

「横井って人が殺された件ですか」

「うん」

亜矢子は、爽香からその話を聞いて来たのだった。

「アリバイがあることを、河村先生のご主人が警察に連絡して下さったそうで。そうでなかったら中島先生が逮捕されていたかも、って……」

と、亜矢子は伝えて、「いい人ですね、杉原さんって。人のために骨惜しみしない」

「一旦、一夜を共にした男を殺したという疑いをかけられたら、たとえ後でアリバイがあったと分っても、学校にはいられなかっただろうな」

と、誠一郎は肯いて、「きっとそれを心配したんだ」

怜は、しかし何か気にかかっている様子だった。

「でも——そんな男と……。あの先生が」

「教師も普通の男と女ですよ」

と、亜矢子は言った。「フッと寂しくなるときがあるんです」

「亜矢子さんも?」

「私は教師じゃありません。ただの秘書です」

と、亜矢子はわざとしかめっ面をした。

「秘書は寂しくなることってないの?」

「それはまあ……。どうでもいいでしょ、そんなこと」

怜はクスッと笑うと、

「とぼけないで! 誠一郎さんから聞いちゃったもんね」

「え? ——どうしてしゃべったんですか!」

と、亜矢子が誠一郎をにらむ。

「僕は何も言わないよ!」

怜がそれを聞いて笑い出した。

「引っかかった! やっぱりできてたんだ、二人」

「もう……」

亜矢子が怜をにらむ。

そこへ、チャイムが鳴った。

「はい! ——どなたですか」

と、亜矢子は腰を浮かした。

「三崎だよ」

と、声がして、亜矢子は息を呑んだ。

「隠れて！　早く！」

と、小声でせかすと、怜と誠一郎はあわてて立ち上ったが、

「どこに？」

「ええと……。ともかく押入れに！」

目につくのは押入れくらいで、誠一郎と怜は身を押し付け合うようにして布団の間へ体を入れた。

「ちょっとお待ち下さい！」

と、亜矢子は大声で言って、玄関の二人の靴を下駄箱へ放り込んだ。

ドアを開けると、三崎がニヤニヤしながら立っている。

「――三崎先生！　びっくりしましたわ」

と、亜矢子は息をついた。

「突然、申しわけない」

「いえ、それは……」

「ちょっと君の住いが見たくなってね。――これを」

いきなりバラの花束を出されて面食らったが、いやな顔もできず、

「どうぞ。——あの、客があって、帰ったばかりなので散らかってますが」

と、スリッパを出して、あわてて食卓を片付ける。

「いや、君らしく良く片付いてるね」

と、三崎は中を見回し、「どこかに男でも隠してないかい？」

「まさか！——お花をどうも」

亜矢子は空の花びんを出して来て、流しで水を入れると、バラを活けた。

三崎が亜矢子の背後に寄って行くと、お尻を撫でた。

「先生！　何なさるんですか？」

亜矢子はあわてて振り向いたが、

「僕は頼りになる男だよ。——な、君だって気があるんだろ？　キスまでしてくれたじゃないか」

「あれは……感謝の気持で……」

「キスまでしないぜ。少なくとも日本じゃね」

「あ、あの……」

三崎に抱きすくめられて、亜矢子はズルズルと二人が隠れている押入れの方へと動いて行った。

「あ……」

足がもつれて、床に倒れる。三崎は亜矢子の上にのしかかって、

「君のことはずっと気になってたんだよ！」

と、上着を脱ぎ捨てた。

「いけません！　先生、やめて！」

亜矢子は中途半端な抵抗の仕方をしながら、チラッと押入れへ目をやった。

押入れの戸が細く開いている。

亜矢子は、怜がちゃんとケータイを持って隠れたのを見ていたのだ。怜の顔が覗き、ケータイで亜矢子が三崎に押え込まれているところを撮影している。

「心配しなくてもいいよ。僕は本気で君のことが好きなんだ」

と、三崎は亜矢子の両足へ膝を割り込ませながら、「次の学園長にって、信代さんからも言われてる。——僕の言う通りにして損はないぞ」

「そんなこと——」

「悪いようにはしない。こづかいもあげるよ。だからいいだろ？」

亜矢子も「その気」だと思いこんでいる三崎の自信たっぷりな顔は、ふき出したくなるほどおかしかった。

亜矢子は、ここでぶん殴るか蹴《け》とばすか、はたまた引っかき傷の一つもこしらえてやるか

と思った。ところが、突然押入れの戸が外れてバタッと倒れて来ると、

「ワーッ！」

という叫び声と共に、誠一郎が飛び出して来た。

しかし、両手で掛け布団を広げて持ち、いきなりスポッと三崎の上にかぶせたのである。

びっくりしたのは三崎で、

「何だ！　おい！」

と、もがくところを、誠一郎が蹴とばして転がし、布団にくるまれた三崎を思い切り踏んづけた。

「助けてくれ！」

布団ごと玄関の方へ転がされた三崎は、やっとこ布団から這い出すと、自分の靴をつかんで逃げ出してしまった。

「——先生」

と、亜矢子が起き上って、「びっくりしましたよ」

「じっとしてられるか！　君はどうしてもっと暴れないんだ！」

「だって……。ちゃんと証拠写真を」

「撮ったよ、しっかり」

と、怜が這い出して来た。

「――何だ。そういうことか」

と、誠一郎が息をついて、「三崎、僕のことが分ったかな？」

「いえ。お顔は見てませんよ。逃げるので精一杯」

「亜矢子さんのこと、心配だったんだ」

と、怜が言った。

「当り前だ」

誠一郎は亜矢子をいきなり抱きしめてキスした。怜が目をそらして玄関の方を見ると……。

「――お客さん」

「あの……お邪魔ですよね」

と、立っていたのは爽香だった。

「――まあ」

と、誠一郎から離れて亜矢子は、「杉原さん！　よくいらして下さって」

「もう少ししてから来ます？」

と、爽香は訊いた……。


「ただいま」

中島亜紀は玄関を上ると、「広紀？　――いるの？」

と、声をかけた。

広紀のドアの前で、

「広紀。——寝てる？」

と、言うと、

「開けないで」

「分ってる。開けたりしないわ。でも、夕ご飯は？　お弁当がいい？　何か作ろうか」

祈るような思いで訊く。

「——オムレツがいいな」

と、広紀がしばらくして言った。

「オムレツね！　いいわ、仕度するわよ」

「それと——夜食にラーメンが欲しい」

「分った。じゃあ……すぐ買って来るわね」

亜紀は出かけようとして、パソコンの電源を入れた。着替える間に、もしメールが来ていれば分るだろう。

着替えて戻ると、メールがいくつか入っていた。

学校関係の連絡がほとんどだったが——。

「え？」

と、思わず声を上げた。「そんな……」

〈亜紀。会えなくて寂しい。
僕を忘れはしないだろう？　会いに来てくれないか。
僕はひっそりと身を隠している。君に会いたくて、おかしくなりそうだ。
S駅に近い公園だ。すぐ分る。明日の夜、来てくれないか。
夜中の十二時に待ってるよ。
きっと来てくれ。お願いだ。

宮本〉

亜紀はしばらくその画面を見つめていた。
あの人が……。でも、あの人は死んだはずだ。
殺されたはずだ。
でも、このメールは……。
いつも宮本がよこしていたメール。この口調や言葉づかいは、そっくりだ。
生きているの？　――あなたは、生きてるの？
亜紀はじっとパソコンの前に座っていたが、やがてハッと我に返ると、
「買物だわ」
広紀を待たせては……。

急いでパソコンの電源を切り、亜紀は玄関へと出て行った。

病室へ、フラリと浜田今日子が入って来た。

「ああ……。今晩は」

目を開けて、早川志乃は微笑んだ。

「いかがですか？　眠れなかったら、薬、あげましょうか」

「大丈夫です」

と、小さく肯いて、「結構図太いみたいです、私」

「それが肝心ですよ」

と、今日子は言った。「ちゃんと朝、起しますから。ご心配なく」

「こんなに眠ってばっかりいるなんて、生れて初めて」

と、志乃はちょっと笑って、「――手術しても、助かるかどうか分らないんですよね」

「見込みなかったら、手術しませんよ。大丈夫。任せて下さい」

「ええ……」

「お客さんのようですよ」

と、今日子が振り向く。

ドアが開いて、あかねが駆け込んで来た。

「ママ」

「あかね！　こんなに遅くに……」

志乃は手を伸して、娘の頭を撫でた。「誰と来たの？」

「僕だ」

河村が入って来た。

「まあ……」

志乃は反射的に起き上ろうとした。

「だめだよ、寝てないと」

と、河村はベッドへ歩み寄ると、「明日も来るからね」

「お仕事があるのに……」

「大丈夫。布子は学校があって休めないからな」

あかねがしきりに指で志乃の髪をいじっている。

「――あかね、ちゃんと言うこと聞いてる？」

「ああ。爽子が一緒になって遊んでる」

「すみません。――元気になったら、またどこか遠くへ行きます」

「志乃……」

河村は志乃の手を握った。「元はと言えば僕のせいだ。償いをさせてくれ」

「もう終ったことですもの」

と、志乃は微笑んだ。

「終りはしないよ。この子がいる限り」

と、河村は言って、「そうだ。爽子が小さいころ使ってたヴァイオリンをね、あかねが面白がっていじってたんだ。爽子が持ち方を教えたら、熱心にやってたよ」

「まあ、見たかったわ！」

と、志乃は笑った。

その眼に涙がにじんでいた……。

24　空虚な家

「行って参ります」

と、下坂亜矢子はボストンバッグをさげて言った。

「ご苦労さま」

と、川上信代は肯いて、「気を付けてね」

「はい」

二千万円の入ったバッグを手に、亜矢子は学園長室を出た。

――信代は、力が抜けたように学園長の椅子に身を沈めた。

「三崎先生はどうしたのかしら……」

と、つい呟いていた。

三崎は、「今日は気分がすぐれない」と言って休んでいた。

「あら、メールだわ」

ケータイが鳴った。

メール着信だ。

信代はちょっと眉をひそめた。

「何のメール？」

〈三崎先生のすてきな写真を送ります。ぜひご鑑賞下さい〉

写真？　信代はその写真を画面に出した。そして青ざめた。

三崎が抵抗する女を組み敷いて笑っている。そして女の顔は——下坂亜矢子だった。

「まさか！」

あまりに鮮明で、疑いようもない写真である。そして、今日三崎は休んでいる……。

信代は学園長の椅子に沈み込んだまま、呆然としていた。そこへ、もう一度メールが入って来た。

〈言い忘れました。あの写真は、本校のホームページに掲載してあります〉

信代は愕然《がくぜん》として、自分のデスクのパソコンの電源を入れた。


公園は静かだった。

でも、広い……。中島亜紀は、いささか戸惑いながら中へ足を踏み入れた。

ともかくゆっくり歩いていれば、向うがこっちを見付けるだろう。——公園の中は普通に小径《こみち》を辿《たど》っている分には充分明るいほど照明が立っている。

本当にあの人が待っているのだろうか？

亜紀は半ば信じられない気持のまま、それでいて激しい動悸が次第に高まって来るのを、どうすることもできなかった。

公園の奥へ入るにつれ、明りの当らない木立ちや茂みが多くなって、亜紀はちょっとした物音にもギクリとして振り向いた。

そしてところどころに、ホームレスらしい人影がうずくまっていたり、ビニールを張ったテントのような物が見えたりした。

不意に、ガサッと茂みが揺れて、誰かが目の前に出て来た。亜紀は息が止るほどびっくりした。

「――あんたじゃないね」

ホームレスらしい中年女だった。「人違いだ。ごめんよ」

その女はすぐに引込んだ。――亜紀はまだ膝が震えるような恐怖を覚えながら、また歩き出した、そのとき、木立ちの間に白い姿が見えた。

コートをはおった男の姿のようだ。

「宮本さん？」

と、亜紀は木立ちの方へと足を運んだ。「宮本さんですか、本当に？　――私、亜紀です」

白いコートしか見えない。あまりに暗過ぎた。

「お願い。何か言って」

と、亜紀は小径から外れて、木立ちの中へと入って行った。

白いコートが動いた。

「待って！ 逃げないで！」

亜紀はその人影へと駆け出した。

亜紀が木の根っこにつまずいてよろけた。その間に、白いコートは木立ちの向うへ消えようとしていたが——。

「アッ！」

という短い声が上って、コートの人影は立ち止った。

と、女の声がした。「やっぱり生きてたのね！」

「やっぱり！」

「誰だ！ やめろ！」

白いコートの男が茂みをかき分けて道へ転がり出る。

「逃がさないわよ！」

と、女が男を追って出て来た。

しかし、そこは生い繁った木々の枝で街灯の光が届かない場所だった。

「——お母さん！ やめて！」

と言う叫び声がした。

女は立ちすくんだ。

「怜？　──怜なの？」

宮本正美はナイフを手に立ちすくんでいた。

「お母さん！」

怜が走って来ると、母親に抱きついた。

「怜……。お父さんを殺さなきゃ。私たちが殺されるわ」

「お父さんは死んだよ！　その人はお父さんじゃないよ！」

白いコートの男はヨロヨロと立ち上って、

「誰か……。救急車を呼んでくれ……」

と、脇腹を押えて呻いた。「ケイ子！　助けてくれ！」

「広田さん！」

ケイ子があわてて駆けて来る。「どうしたの！」

ケイ子の行手を遮るように飛び出して来た人影が、

「お前か！　姉さんを騙したのは！」

と叫ぶと、庖丁を振りかざした。

「広紀！」

亜紀が走って来た。「やめて!」

広紀は庖丁で広田の肩へと切りつけていた。

「よせ!」

駆けて来た男が広紀を抱きかかえるようにして地面へ押し倒した。広田が呻きながら地面をのたうち回った。ケイ子が泣きながら頭をかきむしって、それを見ていた。

「――すぐ救急車が」

爽香が走って来た。「明男、気を付けて!」

「大丈夫だ」

明男は広紀の手から庖丁を奪うと、「もう暴れない。――そうだな?」

「ああ、広紀……」

亜紀が弟のそばに膝をついて、「何てことを……」

「メールを読んだんだ。姉さんを泣かせた奴を許してなるもんか!」

広紀は亜紀の腕に抱かれて、やっと落ちついた様子だった。

爽香は息をついて、

「まさか……。間違って刺すなんて! 中島先生。杉原です」

「弟は病気なんです。私がついていないと……」

「横井先生を殺したのは、広紀君ですね」

亜紀は答えずにうつむくだけだった。

「――怜ちゃん」

爽香は、母親を抱いて座り込んでいた怜の方へ歩み寄った。「あなたは――知ってたのね、お母さんがお父さんを殺したって」

「仕方なかったの……」

と、怜は言った。「私もお母さんも……お父さんを殺すしかない、って分ってた」

「だから黙って逃げてたのね。自分がお父さんを殺したことにされても」

「私なら、死刑にはならないでしょ。お母さんより、私がやったことにした方が……」

「怜……。用心して。お父さんが仕返しに来るわ」

正美は、周囲で起っていることが全く分っていない様子だった。

バタバタと足音がした。

「爽香君、すまん！」

「河村さん。警察が――」

「今、こっちへ来る。もっと早く来るつもりだったんだが……」

河村は息を弾ませていた。

「こんなことになるなんて……。すみません。あの偽のメールで、広紀君が誘い出されてやって来ると思って。まさか怜ちゃんの母親が来るとは」

爽香は怜の方へ、「お母さんとは連絡取り合っていたのね」

と訊いた。

「うん……。だって、お母さんが捕まるんじゃ可哀そうで……」

怜は母の頭を撫でていた。

「宮本さんは――あなた方に暴力を振ったの？」

怜は肯いて、

「それも、他の人には分らないように。殴るときも、絶対に目につくところはぶたなかった」

「あの人が……」

と、爽香はため息をついた。「やさしい人に見えたけど……」

「やさしかったわ」

と、怜はすぐに言った。「やさしかったの。でも、ときどき、突然私たちを殴った……」目に見える暴力だけではない。今この世の中には、弱い者に加えられる、外からは見えない暴力があるのだ。

宮本もまた、企業という社会の中で暴力にさらされていたのかもしれない。爽香のような年下の女性を上司に持ったことに、怒りをたぎらせていたのか……。

「――爽香、警察だ」

と、明男が言った。

河村が状況を説明し、刑事たちは正美と中島広紀を連行して行った。

むろん、中島亜紀は付き添って行った。

「――私がついて、明日でも話しに行きましょうね」

爽香は怜の肩を抱いた。連行されて行く正美は振り返って、

「怜！　用心するのよ」

と言った。「お父さんはきっと戻って来るから」

「お母さん……」

怜は涙をこらえて唇をかみしめた。

広田は救急車で運ばれて行った。ケイ子は放心したように座り込んでいる。

「――何があったんですか？」

と、声がして、下坂亜矢子がボストンバッグを手に立っていた。

「下坂さん……」

「乗ったタクシーが行先を間違えて遅れてしまったんです。――怜ちゃんもここに？」

「行きましょう」

爽香は促して、「話は別の所で、ゆっくりと」

怜はふと足を止めると、

「このハーフコート……」

と、ピンクのコートを見下ろして、「お父さんが買ってくれたの。殺された日だった」

「そう……」

「あの日はやさしかったの。でも、お母さんは、もう決めてたの。あの日にやるって。私のためだった。私は『やめて』って頼んだけど……」

怜の頰に初めて涙が伝い落ちた。

母が父を殺した。——その傷が、いつかいえる日は来るだろうか？

爽香は怜の肩を抱いて、ゆっくりと歩き出した。

川上信代は、学園長室のドアを開けたところで、足を止め、凍りついたように動けなくなった。

「そんなことは各教師の判断に任せればいい。いちいち僕の所へ上げて来ないでくれ」

学園長の椅子に座って指示しているのは、川上誠一郎だった。

「かしこまりました」

傍でメモを取っているのは下坂亜矢子である。

「できるだけ早く、職員会議を開こう。明日は何か行事があるか？」

「いえ、午前中なら大丈夫です」

「じゃ、午前中の授業を十一時で打切って、職員会議だ」

「すぐ周知します」

亜矢子が、学園長室を出ながら、「奥様、おはようございます」と、会釈した。

「――あなた」

信代はそろそろと誠一郎の方へ近寄ると、「何をしてるの?」

「仕事だよ、もちろん」

誠一郎はパソコンの画面に目をやったまま答えた。信代は顔をカッと紅潮させて、

「勝手だわ! 黙って姿を消しておいて、戻って来て、当り前のように学園長の椅子に……。私がどんなに苦労したか――」

「休暇中、ありがとう」

と、誠一郎は平然と言った。「三崎先生の辞表だ。受理しておいたよ」

「あなた……」

「しかし、僕がいないからといって、この学園の基本姿勢まで変えてもらっては困るね。先生方も僕の意見に同意してくれると思うが」

「あなたは……恥知らずだわ!」

と、信代は食ってかかるように言った。

「信代」

誠一郎は真直ぐに妻を見て、「広田という興信所の男が、君からあることを頼まれたと供述しているよ」

信代がよろけそうになって、机に手をついて支えると、

「知らないわ！　そんな男、聞いたこともない！」

と、かすれた叫び声を上げた。

「広田の供述だけじゃない。君らの話を聞いていた者もいる」

誠一郎はそう言って、「——もう帰ったらどうだ？　僕なら大丈夫。また姿をくらましたりしないよ」

「あなた……」

「世捨て人になるなんて、不可能なことだ。世の中はまだ捨てるべきでないくらいは、いいことも沢山あるよ」

信代は、もう何も言わずに、学園長室を出て行った。精一杯胸を張り、顎を上げて——。

「やあ、いらっしゃい」

〈ラ・ボエーム〉のカウンターの中から、増田が笑顔を見せた。

「どうも」

爽香はカウンターに両肘をつくと、「今日のお勧めをお願いします」

と言った。

「かしこまりました」

店内に、コーヒーの香りが立ちこめる。

「——何かいいことがありましたか」

と、増田が訊く。

「え？　どうして？」

「お顔が穏やかですよ」

「いやだわ。いつもそんなに怖い顔してますか？」

と、爽香は苦笑した。「いやなこともあったし、いいこともあった、ってことです。世の中の常のように」

「なるほど。——どうぞ」

爽香はコーヒーを一口飲んで、深く息を吐いた。

「おいしいわ」

「どうも」

爽香のケータイが鳴った。

「いやだわ。どこでも追いかけられる。——もしもし」

「無事で何よりだな」

と、聞いたことのある声が言った。

「――中川さん？」

「下手すりゃ、お前が間違って刺されてたかもしれないぜ」

と、殺し屋は言った。

「どうしてそんな事情をご存知？」

「俺は何でも知ってる。亭主とヨーロッパへ行くって？」

「そんなこと……。まだ決ったわけじゃありません」

「申し出は受けとくもんだ。遠慮を美徳と思わない連中が、いくらもいるんだぜ」

「ご忠告、感謝します」

「いつも亭主に心配かけてるんだ。たまにゃ亭主孝行しろ」

「中川さんにそんなこと言われたくないですね」

と、爽香は言い返した。「あの、バイキング食べてた彼女とは？」

「俺は同じ女と長く付合わない」

と、中川は言った。「じゃあ、またどこかで会えそうだな」

「お目にかかれなくても別に……」

中川はちょっと笑って、切った。

「――何なのよ」

中川はどうしてか、爽香に関心があるらしい。どこで見ているのか、爽香の行動をよくつかんでいるので、少々気味悪かった。

コーヒーを飲み干すと、今度は麻生から電話がかかって、

「すぐ戻るわ」

と、爽香はカウンターから離れた。

支払いをして、

「ごちそうさま」

と、爽香は足早に〈ラ・ボエーム〉を出て行った。

少しして、店の奥から中川が出て来た。

「中川さん」

「何だ？　俺にも一杯淹れてくれ」

「はい。——あの中島亜紀って女が来たとき、どうしてあんなことを……」

「二杯目はまずく淹れろ、と言ったことか」

「ええ」

「殺された宮本って奴のことを話してて、動揺しているのを隠してた。まずいコーヒーでも気付かなきゃ、やはり他のことに気を取られてる証拠だからな」

「なるほど」

「しかし、あの杉原爽香はちゃんと気付いてたと思うぜ」

中川は置かれたコーヒーを一口飲むと、「──同じ豆か?」

「そうです」

「そうか」

中川は、ちょっと首を振って、「少し苦いな」

と言うと、またカップを取り上げた……。


病室のドアが開いた。

「おめでとう」

と、布子が顔を出してニッコリ笑った。

「まあ……。先生」

ベッドで、志乃が微笑んだ。

「ずいぶん早く、一般病棟へ戻れたのね。浜田さんも、大丈夫だって請け合ってたわ」

手術後で、少しやせてはいたが、志乃の目には輝きがあった。

「あかねがお世話になって……」

「すっかり子供たち同士、仲良しよ」

と、布子は言って、「さあ、入って」

ドヤドヤと病室へ入って来たのは、河村、爽香に明男、そして、河村の下の子、達郎《たつろう》。

「みんなにぎやかに……」

志乃が目を潤ませる。

——転移も今のところなく、手術は無事に終った。

中島亜紀はM女子学院で教職を続けている。

一つ、悲劇があった。あのホームレスのケイ子が何者かに殺されたのだ。ケイ子は札束を抱いて寝ている、と仲間に知れ渡っていた……。

——そのとき、病室に、ヴァイオリンの音が響いた。

布子が傍へ退くと、爽子が立って静かに「タイスの冥想曲」を奏でていた。

そして——その隣で、小さなヴァイオリンを一人前に構えて、ギー、ギー、と音をたてているのは、あかねだった。

見守る志乃の目から涙が溢れて、笑顔はやがて強い生きる意志を感じさせるものへと変って行った。

解説

保前信英《ほまえのぶひで》
（ジャーナリスト・作家）

この「爽香シリーズ」ほど読者に待望されている小説はない。そうでなければ、このシリーズそのものが存在しえないからだ。このことは、シリーズ第二十弾の本作をひと区切りとして、ここで客観的かつ驚異的事実として確認しておく必要があるだろう。

ヒロインの杉原爽香をはじめとする登場人物が、現実世界の時間軸と平行して齢《とし》を重ねていくのが本シリーズの最大の特色であることは、いうまでもない。小説好きなら「ちょっと面白いアイデアだな」と思うだろうし、自分で書いてみたくなるかもしれない。

ところが、このアイデアを使って、二十巻以上も書き続けられた小説が海外も含めてあっただろうか？　寡聞《かぶん》にしてぼくは知らない。ということは、この小説シリーズは、その存在からしてすでにギネスブックものなのだ！

では、なぜ海外の大作家でさえこの方法を実現できないのか？

それは、この方法は、あらかじめ多数の読者との緊密な連帯関係を要求するからだ。具体的に言うと、読者とおなじように齢をとっていく主人公を設定した場合、その設定は「作者の都合」になりやすい。「それがどうした」という読者の突っ込みを受けやすいから、たいていの作家や編集者は萎縮してしまう。

仮に、鬼才の作家が力技で書いたとすると、それは往年のヌーヴォー・ロマンのような壮大な実験小説になるかもしれないが、「読者との緊密な連帯関係」は生まれないから、せいぜい三巻くらいで終わるのではないか。

この方法をエンターテインメント小説として長続きさせるには、次のようなステップが要件となるだろう。

一、読者が登場人物に感情移入し、

二、一年間、彼らを想像力の中で育て、物語を拡大してくれること。

三、その感情移入が次回作でさらに深まること。

このような「感情移入ループ」とでもいうべき想像力の装置が出来上がった場合にのみ、登場人物がリアルタイムに齢をとる小説シリーズが成立する。

これは作家にとってかなり厳しい要件だろう。「それができれば世話ないよ」と大方の作家は嘆息するにちがいない。まず、第一番目の要件は、実力と経験のある作家ならばクリアーできそうだが、第二番目はそうとう難しい。毎年、一冊ずつ発表するとして、一年間も小説の登場人物に感情移入させることは不可能にちかい。逆に、それを可能とするには、読者に物語をつくらせてしまうしかないのではないか？　読者に小説を書かせる、といえば極端かもしれないが、たとえば、サブ・ストーリーに思いをめぐらすようなことは、「爽香シリーズ」の読者ならだれでもやっていることだ。次回作で自分の想像していたような場面が出てくると、思わずニンマリしたりするのである。そしてそれが第三番目の要件となるわけだ。こうなると、読者としては、次回作への期待がいやがうえにも高まってくる。かくして最初の要件へとループする。こうして読者自身が自分で物語性を高めていくわけだから、設定が「作家の都合」になどなるわけがない。

これが「感情移入ループ理論」とでもいうべきものだが、理論はあくまで理論であり、実践となると話は別だ。

では、作家赤川次郎は、いかにしてこの高いハードルを乗り越えたのか?

その秘密は文体にあるとぼくは思う。周知の通り、赤川の文体は非常に簡潔で歯切れがよく、スピードがある。しかも文学でいう「彫琢」とは違い、いわば情報が凝縮されているのである。一例をあげると、文学作品にありがちな延々とした風景描写が赤川作品にはまるで見られない。そんなものは読者が想像力で補ってくれるから必要ないのだ。逆に、赤川文体には必要な情報だけが詰まっているから、読者は一語も読み落とすことができず、しぜんと集中することになる。この集中がまた想像力を呼び覚ますことになる。

速読の秘訣は集中にあるということを裏付けるかのように、赤川作品は短時間で読破できてしまう。これがまた前述の要件にも寄与することになるのだ。「爽香シリーズ」を読み終えたとき、「もう終わり?」と思うのはぼくだけではないだろう。一年待ち続けた小説をもう読み終えてしまったとは、と惜しい気分になる。じつはこれが新たな感情移入を生むことにもなるのだ。「またあと一年かあ」などとぼやきながら、最初のページから読み直したり、あるいは前作を手に取ったりして、しっかりと「復習」しながら、サブ・ストーリーをさぐるといったようなことをするうちに、読者は物語のなかに没入し、さらには自分で物語をつくりだすことさえしているのである。

このように、「感情移入ループ理論」が実践された場合の効果について考えてみると、ほかの小説では得られない、特殊な感情移入の形態を生み出すように思える。

個人的な事例で恐縮だが、十代のときに偶然、ドストエフスキーの『罪と罰』を読んでから、「この本は十年ごとに読もう」と決めて、二十代、三十代と異なる翻訳で読んできた。この体験を通してわかったことは、つねに主人公に感情移入できるようになっていることだ。四十代になった今はまだこの小説を読んでいないが、次に読んだとき、「ラスコーリニコフ君、きみはまだ青いなあ」といったことをオジサン読者として口にすることは目に見えている。読者の側が齢を重ねたということだ。

しかし、もし小説内で、ラスコーリニコフも四十代に成長していたらどうだ! とても達観したようなことは言えない。と同時にものすごく親近感を覚えるのではないだろうか。読者と登場人物という枠組を超えて、人間としていろいろ話しかけてみたくなる。

こうしたことが「爽香シリーズ」で起きているのだ。このような特殊で強力な感情移入の形態のなかでは、作者と読者がイコールになってしまう。

もちろん、簡潔でスピーディーな文体だけで特異な感情移入の効果を引き出せるわけがなく、その文体で運ぶコンテンツも問題となる。

ぼくは日頃、「赤川作品は極上のカクテルだ」と主張しているのだが、そうしてみると、赤川作品にはじつに様々な味わいがブレンドされている。つまり、ユーモア、ラブコメ、サスペンス、アクション、叙情性、ホラー、そしてもちろんミステリの味である。「爽香シリーズ」でも、各巻でカクテルの味わいは微妙に変わってくる。たとえば、本作『桜色のハーフコート』では、「ラブコメ」の薫りが増していると思うのだが、みなさんはどうでしょう？

ここで本作のストーリー解説に走っても、「爽香シリーズ」のマニアックな読者に対しては蛇足でしかないし、本書がはじめての読者には百害あって一利なしだろう。

ただし、ひとつだけ加えさせてもらえるとしたら、ますます脇役の重要度が増してきた感じがすることだ。むしろ、魅力的な脇役たちがストーリーを運んでいて、爽香がそれに乗っかっている感じなのだ。

唐突だが、ジャズ演奏の喩えで言わせてもらうと、爽香は、まるでジャズの帝王、マイルス・デイビスみたいに見える。楽曲全体の運びはサイドマンたちにやらせておいて、ここ一発というときに舞台裏から現われてトランペットを吹く。ここでファンは「きたー」といって大喜びするのである。凄いフレーズを吹き終えると、再び姿を消してしまう。残されたメンバーは延々と演奏を続ける。

本作でも、爽香が登場すると、「きたー」という感じがするのだ。ぼくもそうとう、爽香に感情移入してきた証拠だろうか。

初出誌「訪問看護と介護」（医学書院刊）二〇〇六年九月号～二〇〇七年八月号

光文社文庫

文庫オリジナル／長編青春ミステリー

桜色《さくらいろ》のハーフコート

著　者　赤《あか》　川《がわ》　次《じ》　郎《ろう》

2007年 9 月20日　初版 1 刷発行
2019年 2 月25日　2 刷発行

発行者　鈴　木　広　和
印　刷　凸　版　印　刷
製　本　ナショナル製本

発行所　株式会社　光　文　社

〒112-8011　東京都文京区音羽1-16-6
電話　(03)5395-8149　編 集 部
8116　書籍販売部
8125　業 務 部

ISBN978-4-334-74316-1 Printed in Japan

濡羽色のマスク　赤川次郎
茜色のプロムナード　赤川次郎
虹色のヴァイオリン　赤川次郎
枯葉色のノートブック　赤川次郎
真珠色のコーヒーカップ　赤川次郎
桜色のハーフコート　赤川次郎
萌黄色のハンカチーフ　赤川次郎
柿色のベビーベッド　赤川次郎
コバルトブルーのパンフレット　赤川次郎
菫色のハンドバッグ　赤川次郎
オレンジ色のステッキ　赤川次郎
新緑色のスクールバス　赤川次郎
肌色のポートレート　赤川次郎
えんじ色のカーテン　赤川次郎
栗色のスカーフ　赤川次郎
牡丹色のウエストポーチ　赤川次郎
灰色のパラダイス　赤川次郎

改訂版　夢色のガイドブック　赤川次郎
シンデレラの悪魔　赤川次郎
灰の中の悪魔　新装版　赤川次郎
寝台車の悪魔　新装版　赤川次郎
黒いペンの悪魔　新装版　赤川次郎
雪に消えた悪魔　新装版　赤川次郎
スクリーンの悪魔　新装版　赤川次郎
やさしすぎる悪魔　新装版　赤川次郎
納骨堂の悪魔　新装版　赤川次郎
氷河の中の悪魔　新装版　赤川次郎
振り向いた悪魔　赤川次郎
やり過ごした殺人　赤川次郎
名探偵、大行進！　赤川次郎
ビッグボートα　新装版　赤川次郎
顔のない十字架　新装版　赤川次郎
殺人はそよ風のように　赤川次郎
模範怪盗一年B組　赤川次郎

濡《ぬれ》羽《ば》色《いろ》のマスク〈29歳の秋〉
茜《あかね》色《いろ》のプロムナード〈30歳の春〉
虹《にじ》色《いろ》のヴァイオリン〈31歳の冬〉
枯《かれ》葉《は》色《いろ》のノートブック〈32歳の秋〉
真《しん》珠《じゅ》色《いろ》のコーヒーカップ〈33歳の春〉
桜《さくら》色《いろ》のハーフコート〈34歳の秋〉
萌《もえ》黄《ぎ》色《いろ》のハンカチーフ〈35歳の春〉
柿《かき》色《いろ》のベビーベッド〈36歳の秋〉
コバルトブルーのパンフレット〈37歳の夏〉
菫《すみれ》色《いろ》のハンドバッグ〈38歳の冬〉
オレンジ色のステッキ〈39歳の秋〉
新緑色のスクールバス〈40歳の冬〉
肌色のポートレート〈41歳の秋〉
えんじ色のカーテン〈42歳の冬〉
栗色のスカーフ〈43歳の秋〉
牡丹色のウエストポーチ〈44歳の春〉
灰色のパラダイス〈45歳の冬〉
爽香読本 改訂版 夢色のガイドブック ――杉原爽香、二十七年の軌跡

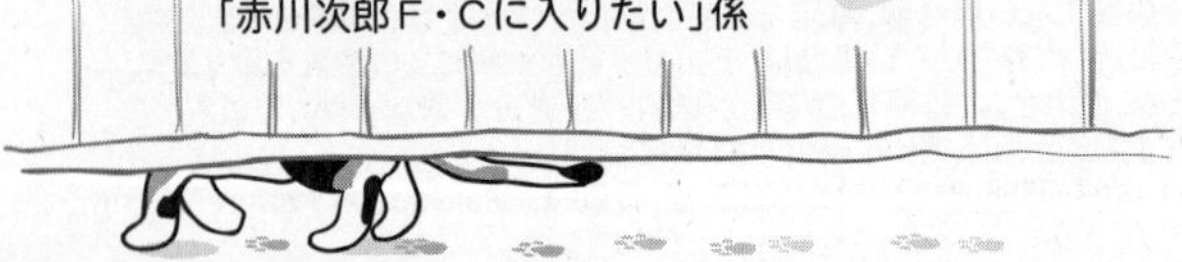